不死武人

불사무인 4

초판 1쇄 인쇄일 2014년 2월 18일 | **초판 1쇄 발행일** 2014년 2월 20일

지은이 군주 | **펴낸이** 곽중열 | **담당편집 팀장** 이범수
편집부 신연제 이윤아 김호성 김은경

펴낸곳 (주) 조은세상 | 출판등록 제 2002-23호
주소 경기도 고양시 일산동구 장항동 558번지 6호
TEL 편집부 02)587-2966 영업부 031)906-0890 | FAX 031)903-9513
e-mail bukdu@comics21c.co.kr

※잘못 만들어진 책은 바꿔 드립니다.
※저자와의 협의에 의해 인지는 생략합니다.

CIP제어번호 : CIP2014004485
이 도서의 국립중앙도서관 출판시도서목록(CIP)은 e-CIP홈페이지(http://www.nl.go.kr/ecip)와
국가자료공동목록시스템(http://www.nl.go.kr/kolisnet)에서 이용하실 수 있습니다.

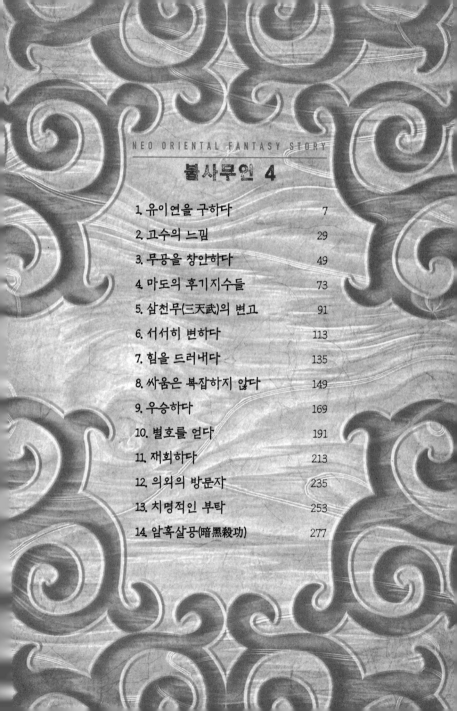

NEO ORIENTAL FANTASY STORY

불사무인 4

제1장
NEO ORIENTAL FANTASY STORY
유이연을 구하다

제 1 장
유이연을 구하다

텅!

나는 마룻바닥을 밟고 축지환보를 펼쳤다.

그것이 내가 가장 빨리 움직일 수 있는 경신법이었다.

그리고 허리춤에 찔러 넣었던 구중을 꺼내 노인의 오른 팔뚝을 내리쳤다.

진맥하는 노인의 손이 유이연의 가슴을 찌르고 들어가는 순간이었다.

퍽! 뚝!

구중에 맞은 팔뚝이 부러졌지만 노인은 신음을 흘리는 대신 왼손을 오므려 유이연의 목줄기를 잡아채려고 뻗었다.

나는 노인의 손가락에 구중을 끼워 넣고 비틀었다.

우드드드득!

손가락이 모조리 부러지는 소리와 함께 노인은 그제야 신음을 흘렸다.

"크흑!"

그와 동시에 노인을 업고 왔던 장한이 움직였다.

나는 유이연의 앞을 몸으로 막으며 구중을 휘둘렀다.

그런데 장한은 구중을 피하지 않고 그대로 몸으로 받았다.

어깨에 틀어박힌 구중을 왼손으로 잡더니 오른손을 활짝 펴며 앞으로 뻗었다.

휘리리리리릭!

한 움큼의 독질려가 장한의 손에서 뿌려졌는데 나는 그대로 돌아서며 유이연과 범빙을 안고 위로 솟구쳤다.

이미 학당의 지붕에 아무도 없다는 것을 확인하고 위로 오른 것이다.

지붕을 뚫고 나와 나는 유이연과 범빙을 두고 말했다.

"여기서 움직이지 말고 가만히 있으세요."

나는 이 와중에도 이 두 여인을 안심시키기 위해 미소를 짓고 있었나 보다.

유이연이 나를 보고 말했다.

"반 호위의 미소를 보니 이상하게 마음이 놓이네요. 여기 있겠습니다."

나는 그 말을 듣고 범빙을 보았다.

범빙은 고개를 끄덕이는 것으로 내 질문에 답했다.

나는 그대로 천근추를 발휘해 아래로 떨어져 내렸다.

그러면서 지붕 위에 있던 기와를 잡아채며 이쌍을 공격하는 세 명의 살수들을 향해 던졌다.

그리고 여을을 향해 달려드는 장한을 보며 기와를 날렸다.

여을을 인질로 삼으려는 속셈이 보여 기와에 경력을 실었다.

여을을 향해 달려가던 살수는 뒤통수로 날아오는 세찬 경기를 무시할 수 없어 몸을 돌려 손으로 기와를 쳐냈다.

그러면서 손에 든 비수를 내게 날렸다.

전형적인 살수들의 수법을 보여주고 있었다.

쉬이이익!

그러나 이미 나는 그런 살수들의 공격을 알고 있기 때문에 내 발은 이미 우측으로 틀어 비수를 피했다.

"여기 검입니다!"

이쌍은 들고 있던 검 하나를 내게 던졌다. 이쌍은 옥소하나만 들고 있는 내가 불리하다 생각했는지 검을 건네준 것이다.

나는 잡았던 검을 다시 바닥에 꽂았다.

대신에 구중을 고쳐 잡았다.

그런 다음 축지환보를 이용해 삼장의 거리를 압축하듯 다가가 구중을 휘둘렀다.

뻐어어어억!

백회혈을 강타당한 살수는 여을에게 다가가기도 전에 풀썩 쓰러졌다.

그런 다음 여을의 상태를 묻기도 전에 몸을 회전하듯 돌며 세 명의 살수들을 향해 몸을 날렸다.

"막아!"

여인이 두 장한보다 상급자인 것 같았다.

여인의 말에 두 장한은 그대로 내게 육탄돌격을 해 왔다.

나는 두 장한의 혈류를 느끼며 허점을 찾았다.

혈류를 통해 허점을 찾는 것은 그리 어렵지 않았다.

예를 들면 폭포수가 떨어진다 해도 그중에서도 가장 물줄기가 약한 곳이 있기 마련이다.

바로 그러한 곳이 허점이 되는 곳이었다.

나는 혈류가 가장 약한 곳으로 몸을 집어넣고 구중을 휘둘렀다.

내가 두 사람의 사이로 들어간 것은 거의 사각지대였고 두 장한이 서로 눈치를 보며 흠칫하고 있는 순간에 구중으로 옆구리를 가격했다.

뻐벅!

옆구리 갈비뼈들이 부러지는 소리와 함께 두 장한은 서로 반대편으로 꼬꾸라졌다.

내가 두 장한을 처리하는 순간에 여인의 몸은 허공을 떠서 유이연을 향해 날아가고 있었다.

"안 돼!"

이쌍도 동시에 몸을 날려 유이연을 막으려 했지만 살수보다 늦은 편이었다.

나는 지체하지 않고 허리춤에 있던 경근사를 풀어 살수를 향해 던졌다.

휘리릭!

살수의 발목을 감은 경근사를 잡아챘다.

그러자 유이연을 향해 날아가던 살수가 반대편으로 휙 패대기쳐지듯 날아가 바닥에 떨어졌다.

살수는 이해할 수 없다는 듯한 얼굴을 들어 나를 보았다.

분명 유이연을 막 죽일 수 있는 순간에 자신의 몸이 반대편으로 날아왔으니 어리둥절한 모습이었다.

하지만 곧 정신을 차리고 나를 향해 달려들었다.

과연 두려움도 모르고 공격하는 것을 보면 전문살수들이었다.

일행이 모두 죽었는데도 도주하지 않고 달려드는 것은 도주해도 살아날 수 없다는 것을 알기 때문이었다.

하지만 한 놈쯤은 살려야 배후를 캘 수 있어 나는 점혈을 시도했다.

살수와 싸울 때 가장 먼저 점혈할 곳은 몸통이 아니라 턱 부분의 승장혈과 목젖인 염천혈을 먼저 점혈해야만 독극물을 복용하는 것을 막을 수 있었다.

나는 살수의 혈류를 느끼고 한 가지 알 수 있었다.

살수들의 혈류나 기류는 일반적인 무인들에 비해 가늘고 가닥가닥 끊기는 부분이 많았다.

체계적인 무공수련을 쌓은 것이 아니라 살인하는 데 필요한 수법만 익히다 보니 생긴 폐해였다.

그러다 문득 나도 저 살수들과 비슷한 혈류와 기류를 가지고 있지 않을까 하는 생각이 들었다.

타타타탁!

나는 여살수를 점혈하고 살수를 바라보았다.

살수는 자신의 혀와 목젖까지 점혈 된 상태라는 것을 알고 나를 죽을 듯 노려보았다.

자신이 쉽게 죽는 방법을 내가 막았기 때문이다.

나는 그 살수의 눈을 외면하고 생각했다.

'나도 자객수업을 받은 몸이기 때문에 이자들과 비슷한 혈류를 가지고 있을 수 있겠구나.'

그것을 알자 나는 좀 더 깊이 있는 무공수련이 필요함을 깨달았다.

지금은 혈영체를 복용해서 혈류라는 공능을 얻어 이득을 보고 있지만, 이것마저 능가하는 고수를 만나게 되면 나의 가벼운 무예 수준으로는 그들을 감당하지 못할 것이다.

모처럼 살수를 접하면서 느끼는 바가 많았다.

"괜찮습니까?"

나는 유이연과 범빙을 보며 물었다.

"우리는 괜찮아요."

내 우려와는 달리 유이연과 범빙은 크게 동요하고 있지 않았다.

정신력이 강한 것인지 아니면 지금까지 수없이 많은 환자를 보면서 사람이 죽는 것에 익숙한 것인지 알 수 없으나 이런 상황에서도 꿋꿋한 모습을 보니 보통 여인들은 아니었다.

유이연은 범빙의 호위가 살수의 심문을 위해 멀어지자 감탄을 흘리며 말했다.

"범 소저는 정말 배려심 깊은 호위를 두었군요."

범빙은 유이연의 칭찬을 들으며 고개를 갸웃했다.

"무슨 말씀인지? 무공이 뛰어나다는 말은 이해해도 배려심이 깊다니요?"

이 싸움 어디가 배려심이 많다는 것인지 알 수 없었다.

모르긴 몰라도 유이연도 반 소협의 실력에 깜짝 놀라 말이 헛나왔다 생각했다.

유이연은 싱긋 웃었다.

"아, 제 생각만 했군요. 아까 싸울 때 반 호위께서 이쌍이 검을 넘겨주자 검을 잡지 않고 옥소로 살수들을 상대했어요."

"예, 저도 봤어요. 그게 왜 이상한가요?"

유이연은 범빙의 말에 잔잔하게 미소 지었다.

"제 생각인데 충분히 반 호위는 검으로 살수들을 상대할 수 있었을 거예요. 그런데 검을 포기한 것은 검으로 살수들을 죽이게 되면 이곳에 피가 낭자했겠죠. 거기다 팔다리가 떨어져 나갔을 수도 있고요. 그렇게 되면 이 학당은 피비린내가 진동하고 그 냄새와 흔적을 지우려면 몇 달이 걸렸을 수도 있어요."

"아!"

범빙은 유이연이 말하고자 하는 것이 무엇인지 깨달았다.

"그러니까 유 소저 말은 반 소협이 학당임을 고려해서 피를 흘리지 않으려고 검을 포기했다는 말이군요."

"그렇죠. 분명 검으로 상대하는 것이 반 호위는 편했을 겁니다. 그런데도 잡았던 검을 놓고 옥소로 상대한 것은 그런 이유겠죠. 그리고 또 하나, 검으로 살수를 베면 그것

을 치워야 하는 마을 사람들이나 우리는 고역일 수 있어
요."

유이연의 말은 옳았다.

멀쩡히 죽은 시신과 팔다리가 잘린 시체를 수습하는 것
은 엄청난 차이가 있었다.

그런데 범빙은 정말 유이연의 말대로 반 호위가 그런 것
을 모두 고려하고 검을 쓰지 않았다고 생각하지 않았다.

나는 살수를 보며 나지막하게 물었다.

"네놈들의 배후를 깨고자 하지 않는다. 너희 말고 지원
세력이 더 있느냐?"

그 말에 살수는 미소 지었다.

나는 그 미소로 더 이상 묻지 않아도 알 수 있었다.

이놈들로 유이연의 암살을 끝내지 않을 것임을 깨달았다.

"몇 명이냐? 눈으로 깜빡여 말하라."

내가 말하자 옆에서 지켜보던 유이연의 호위 이쌍이 끼
어들었다.

"이 자의 아혈을 열어 말을 들어보죠."

내가 이쌍을 보며 말했다.

"이 정도 살수라면 그 타액, 말까지 모두 암기가 될 수
있습니다. 그런 살수들이라면 우리가 상상하는 것 이상의
암기술을 가지고 있습니다. 쉽게 생각하면 안 됩니다."

내가 이쌍에게 경고를 주자 뭔가 반박하고 싶어해도 마 땅히 할 것이 없는지 얼굴을 붉혔다.

실제로 유이연을 살린 것은 자신들이 아니라 나였으니 할 말이 없을 것이다.

살수는 나를 향해 눈을 깜박였다.

무려 세 번을 깜박이며 득의 한 미소를 지었다.

"세 명이 더 남았다는 겁니까?"

이쌍이 물었다.

"세 명으로 이렇게 놈이 자신만만하지 않을 겁니다."

"그럼?"

"삼십여 명이라는 뜻이죠."

"예? 삼십여 명이나 되는 살수들이 더 있다고요?"

나는 걱정되었다.

살수들은 단 몇 명이라도 경계하지 않을 수 없었다. 이 들의 주된 공격은 암습이기 때문이다.

그런 이들이 삼십여 명이라면 일개 살수단체가 총동원 되었다는 뜻이었다.

"이번에 유 소저를 죽이려고 단단히 마음먹고 온 것 같 군요."

이쌍의 얼굴은 흙빛으로 물들었다.

"역시 함부로 장원을 나오는 게 아니었어."

뒤늦게 후회해 봐야 소용이 없었다.

"지금은 어떻게 안전하게 유 소저를 이동시켜야 할지 고민할 때입니다."

나는 유이연과 함께 있는 범빙을 바라보았다.

엉뚱한 일에 끼이게 되어 난처하게 되었다.

이제 와서 이곳을 범빙만 데리고 떠난다고 해도 살수들이 우릴 가만 놔두지 않을 것이다.

거기다 이 이쌍이라는 호위들은 살수에 대해 무지한 편이라 대처도 못할 것이다.

나는 이 상황을 범빙과 유이연에게 설명하기 위해 일어섰다.

"그래서 반 소협은 어떤 방책을 가지고 있습니까?"

두 여인은 내 이야기를 듣고 질문을 던졌다.

"살수단체가 적어도 수십 명은 되니 이곳에 있으면 우리에게 불리합니다. 그래서 우리는 개활지로 나가서 버텨야 합니다."

범빙이 우려의 목소리를 내었다.

"적은 수십 명이고 우린 반 소협과 유 소저의 호위를 합쳐 모두 세 명인데 대항할 수 있겠어요?"

"제 말만 잘 따라준다면 이곳을 벗어날 수 있습니다."

나는 자신 있게 말했지만, 그들을 불안하게 하지 않기 위해 하는 말일 뿐이었다.

이들이 기댈 사람이라곤 나밖에 없는데 나마저 불안해하면 이들은 크게 좌절할 것이기 때문이었다.

"전 반 소협을 믿어요."

범빙은 언제나처럼 내게 신뢰의 눈빛을 보냈다.

"저도요. 뵌 지는 얼마 되지 않지만 반 소협을 믿을 수 있을 것 같아요."

"고맙습니다."

"이제부터 우리는 도주할 것입니다. 유 소저와 두 호위가 타고 온 세 필의 말밖에 없으니 말은 각각 범 소저, 유 소저, 여을이 탈 것입니다."

"그럼 반 호위와 제 호위는요?"

"우린 후미에서 적들을 상대할 것입니다."

"너무 위험하지 않을까요?"

"지금은 그 방법이 최선입니다."

내가 단호하게 말하자 범빙과 유이연은 고개를 끄덕였다.

유이연은 미안한 어조로 말했다.

"미안해요. 괜히 나 때문에 여러분마저 위험에 빠뜨렸습니다. 만약에 위난을 피할 수 없는 지경에 이른다면 저를 저들에게 넘겨도 괜찮아요."

이것이 내가 익히 알고 있는 정파 무림의 의협 정신 중 하나였다.

타인을 위해 내가 희생하고자 하는 마음 말이다.

마도에서는 이런 정신을 찾아볼 수 없었다.

모두 같이 죽든지 아니면 같이 살든지 두 가지 길만 있었다.

타인을 위해 내가 죽는다는 것은 약자들의 변명일 뿐이라 생각했다.

간혹 마도에서도 이런 희생정신을 보여줄 때가 있는데 그것은 수하가 주군을 위해 희생할 때였다.

"무슨 말이세요? 왜 그런 약한 말씀을 하세요. 우리 반소협은 대단한 사람이에요. 믿어 보세요."

범빙은 정말 내가 자신들을 구할 수 있다고 굳게 믿는 것 같았다.

나는 그런 범빙의 신뢰에 마음이 뜨끈해졌다.

"이제부터 제 말을 따르시겠습니까?"

지휘체계를 하나로 통일해야 도주할 수 있었다.

유이연은 자신의 호위인 이쌍을 돌아보았다.

두 사람의 동의를 구하는 눈빛을 보내자 이쌍은 고개를 끄덕였다.

그 두 사람은 뭔가 내키지 않은 모습이나 내가 자객들을 처리하는 것을 보며 내 실력이 그녀들의 윗줄임을 인정하는 표정이었다.

"개활지로 가면 우리가 더 불리하지 않겠어요?"

이쌍이 물었다.

"자객들이 은신할 수 있는 장소가 더 위험한 곳입니다."

나는 말에 탄 세 명의 여인들에게 말했다.

"무슨 일이 있어도 절대 뒤를 돌아보지 말고 앞만 보고 달리세요. 절대 뒤는 신경 쓰지 마시기 바랍니다."

유이연이 내게 말했다.

"우리 싸우지 말고 이대로 도주하면 안 되나요? 우릴 못 쫓아 올 것 같은데."

유이연은 아직 적이 보이지 않아 안심하고 있었다.

"지금은 보이지 않지만 우리가 출발하면 곧 적이 나타날 것입니다."

유이연은 한숨을 내쉬었다.

"몸조심 하세요."

나는 품에 넣고 있던 백랑을 범빙에게 건넸다.

"부탁합니다."

"걱정하지 마세요."

나는 그 말을 끝으로 말 엉덩이를 내리쳤다.

짝!

이히히히잉!

한 마리가 달리자 덩달아 두 마리가 따라 달렸다.

"우리도 갑시다!"

우리는 말 세 마리 뒤를 따라 경공술로 따라붙었다.

나는 우측에서 달리는 이쌍을 보았다.

'그리 떨어지지 않는 무위로군.'

이 두 호위는 실력은 좋으나 자객과 부딪친 적이 없어 처음에는 허둥댔을 뿐이었다.

지금은 자신들의 역할이 무엇인지 알고 있는 표정들이었다.

우리가 앞으로 달려나가자 은신하고 있던 자객들이 쏟아져 나와 우리를 쫓았다.

"흐흐흐!"

내가 소리 내 웃자 이쌍이 의아한 듯 물었다.

"왜 웃죠?"

이런 상황에서 웃고 있으니 나를 미친놈이라 생각할 수도 있었다.

"놈들이 당황한 게 눈에 보이는군요. 놈들은 아마도 우리가 마을로 더 깊이 숨어들 거로 생각했을 겁니다. 그러다 우리가 개활지로 나와 도주하자 부랴부랴 쫓아오는 모습 보십시오."

"근데 그게 웃긴 상황인가요?"

"살수들이 말도 타지 않고 경신술로 쫓아오는 것이 얼마나 바보 같은 것인지 아십니까? 놈들은 아마도 말을 먼 곳에 숨겨 놓았을 겁니다. 기척을 지우기 위해서."

이쌍은 달리면서 물었다.

"저들이 우리를 바싹 뒤쫓아 오는데 그렇게 낙관적으로 생각할 것만은 아닌 것 같네요."

이쌍은 톡 쏘듯 말했다.

나는 대꾸했다.

"우리를 뒤쫓아 잡을 만큼 경공을 발휘하려면 있던 체력을 모두 소모해야 합니다. 그러니 우리에게 유리하죠."

내가 개활지로 나와 도주하는 이유였다.

적절한 공력과 체력으로 경공을 발휘하면 반시진 동안 달릴 수 있었다.

하지만 경공을 빠르게 전개하면 진기 소모가 몇 배나 빨라졌다.

그곳도 하나의 노림수였다.

천천히 달리면 반시진을 달릴 것을 전속력으로 달리면 일각도 달리지 못하는 것과 같은 이치였다.

이쌍의 경공 실력이 떨어지면 어떡하나 하고 걱정했는데 그럴 수준은 아니어서 안도의 한숨을 내쉬었다.

그렇게 일다경을 달리자 마을을 빠져나와 훤한 개활지로 들어왔다.

우리는 말의 속도와 맞춰 달리다 보니 자객들은 우리 뒤 십 장 뒤까지 따라붙었다.

유이연이 타고 온 말들이 한혈마 같은 명마가 아니다 보니 시간이 지날수록 쳐지면서 따라잡힌 것이다.

이렇게 가다 보면 말의 속력은 더 떨어질 것이고 결국 자객들에게 뒤를 잡힐 것은 자명한 일이었다.

"어떡하죠?"

이쌍이 내게 물었다.

나는 이쌍을 보며 말했다.

"도주하지 못하면 맞서야죠."

"싸운다고요? 우리 셋이서?"

나는 고개를 저었다.

"나 혼자서 싸울 겁니다. 두 분은 계속 말들을 따라가세요."

"반 소협 혼자서 싸운다고요? 저 많은 자객을 상대로?"

이쌍은 어이없는 표정으로 물었다.

"싸우다 도주할 겁니다. 제가 자객들과 싸우는 방법을 알고 있지요."

힐끔 돌아보니 살수들이 오장 거리까지 따라붙었다.

서른 명에 달하는 자객들을 상대로 이쌍과 함께 혼전을 벌이면 그것이 더 위험했다.

이쌍이 위험에 처하면 유이연이 어떻게 나올지 알 수 없었다.

분명 돌아올 것이 틀림없었다.

이쌍이 물었다.

"만약 범 소저가 이곳으로 되돌아오면 어쩌시려고요?"

그녀들도 그 생각을 했는지 내게 물었다.

나는 웃었다.

"범 소저는 나를 믿습니다. 혹 나를 걱정하거든 나를 믿고 그냥 달리라고 말하면 됩니다."

이쌍은 이 상황에서는 내가 제시한 방법이 제일 낫다고 여겼는지 고개를 끄덕였다.

"그럼 몸조심하십시오."

이쌍은 그대로 계속 달려나갔다.

하지만 나는 그 자리에서 멈춰 서서 돌아섰다.

'이렇게 경공으로 달렸는데도 지친 느낌이 없어. 혈영체의 기운은 정말 대단하구나.'

내가 놈들과 맞설 생각을 한 이유는 경공으로 달려도 소모되지 않는 공력과 체력 때문이었다.

어디서 나온 자신감이었을까?

만약 예전의 나라면 이렇게 서른 명에 달하는 자객들과 맞설 생각은 꿈에도 하지 못했을 것이다.

'고수들이 멋진 모습을 보이는 것도 이해가 되는구나. 그들은 자신이 있기 때문에 어떤 상황에서도 당당한 것이야.'

문득 떠날 때 이쌍이 내게 보내던 눈빛을 기억해내었다.

감탄하던 그 눈빛이 내가 예전에 고수를 향해 던지던 그 눈빛과 일치했다.

이제는 그 선망의 눈빛을 내가 받고 있으니 감회가 새로
웠다.

"어디, 그 멋진 고수의 모습을 그려낼 수 있을까?"

나는 왼손에 경근사를 쥐고 오른손에서는 영익검을 뽑
아들고 달려오는 자객들을 향해 몸을 날렸다.

제 2 장
NEO ORIENTAL FANTASY STORY
고수의 느낌

제2장
고수의 느낌

"내가 미쳤지!"

놈들과 부딪히고 나서 제일 먼저 나온 말이었다.

내가 어쩌자고 이렇게 많은 자객과 싸우겠다고 덤벼들었는지 알 수 없었다.

처음 세 놈을 베어 넘길 때까지는 좋았다.

'이놈들 보통이 아니야.'

딱 부딪히고 나서 든 생각이었다.

가장 큰 문제는 처음으로 많은 상대와 싸우다 보니 혈류와 기류를 느껴도 제대로 써먹지 못하고 있다는 것이었다.

"뭐, 저런 새끼가 있어! 저 새끼 잡아!"

그래서 할 수 없이 돌아서 뛰었다.

나는 돌아 뛴 것이지만 놈들의 눈에는 도주였다.

의기양양하게 덤벼들었다가 얼마 싸우지도 않고 냅다 도주하니 우두머리도 어이가 없는지 소리쳤다.

그러나 나를 쫓기 위해 두세 놈이 다가오면 혈류가 확연히 느껴졌다.

그럼 돌아서서 놈들을 베어 넘기고 다시 도주했다.

그렇게 두세 번을 하니 우두머리가 소리쳤다.

"산발적으로 공격하지 말고 동시에 공격해!"

어쨌든 내 치졸한 수법으로 열 명정도 쓰러뜨렸지만, 아직 자객들은 스무 명이나 남아 있었다.

그런데 문제는 그것이 아니라 열심히 달려가던 세 마리의 말들이 움직이지 않고 서 있다는 것이었다.

"무슨 놈의 말들이 이 정도 달리고 지쳐. 당나귀도 아니고."

고작 이 정도 달리고 말이 지쳐버리면 할 말이 없었다.

그렇다면 나도 이렇게 질질 끌며 싸울 수 없었다.

"좋아! 화끈하게 싸워보자!"

나는 놈들을 유이연과 범빙에게 접근하기 전에 모조리 처리할 생각이었다.

내심 걱정이 되었다.

싸우다가 한두 놈을 놓치면 위험하기 때문이었다.

'이쌍을 믿을 수밖에.'

나는 이번에야말로 진짜 싸울 생각에 공력을 끌어 올렸다.

스무 명의 혈기류를 느끼며 정면을 바라보았다.

그때 뒤에서 거대한 혈기류가 느껴졌다.

"뭐지?"

슬쩍 돌아보자 두 개의 점이 빠르게 날아오고 있었다.

하나의 점이었던 것이 점점 커지더니 사람의 모습을 갖추었다.

나는 그 두 개의 점이 시전에서 보았던 뇌룡의검 이상선과 화룡 백이염임을 알고 깜짝 놀랐다.

'어? 저자들이 여긴 무슨 일이지?'

하지만 그 생각보다 저 두 사람의 합류로 자객들을 모두 막을 수 있다는 생각이 들었다.

뇌룡의검이 나를 지나치며 말했다.

"난 중앙을 맡겠소."

백이염이 스치며 말했다.

"난 우측."

동시에 나도 몸을 날렸다.

"그럼 난 좌측!"

피풍의를 입은 자객이 소리쳤다.

"쳐라!"

그러면서 그놈은 뒤로 빠지는 것이 아닌가.

아무래도 합류한 두 사람을 알아본 것 같았다.

확실히 뇌룡의검 이상선과 화룡 백이엽의 등장은 큰 힘이 되었다.

그러나 아직 이들은 자객들과 싸워 본 적이 없는 태가 역력했다.

한두 명의 자객들이 암기를 던져 견제하고 두 명이 공격하니 예상외로 쩔쩔맸다.

이들이 아무리 구천맹 맹주의 고제자라 한들 경륜이 부족하면 헤매긴 마찬가지였다.

그래도 두 사람 덕분에 내 운신의 폭이 넓어져 놈들을 처리하는데 한결 수월했다.

두 놈이 암기를 던지고 한 놈이 내게 덤벼들었다.

하지만 나는 그 세 놈을 보지도 않고 나를 주시하고 있던 두 놈의 자객을 향해 달려들었다.

실상 그 두 놈이 가장 위험한 놈이었다.

세 놈은 내 이목을 붙잡아 놓은 미끼들이고 그 두 놈이 실제로 나를 죽일 암수들이었다.

난 자객들의 공격 형태를 빤히 들여다보기 때문에 그리 어렵지 않았다.

틱!

난 두 놈에게 다가갈 때 축지환보를 펼쳤다.

'응?'

모처럼 축지환보를 펼치는데 내가 다 놀랄 지경이었다.

'이렇게 빠르지 않았는데.'

내가 두 놈의 턱밑까지 파고들어도 두 놈은 나를 빤히 쳐다보고 있을 뿐이었다.

갑자기 내가 나타나니 두 놈도 순간적으로 환상을 본 듯한 착각에 빠진 것이다.

나도 두 놈도 서로 눈만 끔뻑거리며 쳐다보다 서로 화들짝 놀랐다.

"어!"

한 놈이 먼저 검을 들어 나를 베려고 움직일 때 나는 중얼거렸다.

"이럴 때는 어깨가 더 빠르지!"

나는 삼극태황공중 권극의 절기인 격비암(擊臂巖)을 펼쳤다.

오른쪽 어깨로 놈을 우측에 있던 놈의 가슴팍을 때리고 한 발 나아가며 왼쪽 어깨로 좌측 놈의 어깨를 들이박았다.

퍽! 퍽!

두 놈은 가슴팍이 함몰되며 뒤로 벌러덩 넘어갔다.

그러고는 다시는 일어나지 못하고 가슴을 움켜쥐고 바동거렸다.

가슴이 함몰되며 허파가 찢어졌으니 살기는 어려울 것이다.

그리고 나는 그 자리에서 발을 굴러 뒤로 물러나며 뒤로 다가오던 놈을 등으로 밀쳤다.

축지환보의 속도와 함께 등으로 받히자 놈은 오 장이나 날아가 떨어졌다.

"이놈!"

내가 동시에 세 놈을 처리하자 암기를 던지던 두 놈이 비수를 뽑아들고 덤벼들었다.

하지만 이미 나는 왼손으로 쥐고 있던 경근사를 바닥으로 훑고 있었다.

휘리릭!

경근사로 두 놈의 발목을 낚아채고 왼손목을 살짝 틀었다.

"큭!"

두 놈은 균형을 잃고 발라당 넘어졌다.

그것을 놓치지 않고 나는 뛰어올라 두 발로 두 놈의 가슴팍을 밟았다.

떨어져 내리며 가슴팍을 밟자 기왓장이 깨지는 소리와 함께 두 놈은 입에서 선혈을 뿜어내었다.

거의 일각도 되지 않아 다섯 놈이 내게 죽어나가자 주변에 있던 자객 다섯이 내게 달려들었다.

자객들이 오인 일조로 구성된 탓이었다.

픽!

내가 한 놈의 시신을 발로 차 달려오는 놈들에게 날렸다.

쉬이이익!

파파파파파팍!

달려오며 던진 암기들이 내가 날려버린 자객의 시신에 박혀 들었다.

그리고 다섯 놈이 부챗살처럼 퍼지며 달려드는 순간 나는 우측 발에 걸려있던 자객의 시체를 찼다.

퍽!

시체는 빙글빙글 회전하며 일장 높이로 떠서 날아갔다. 달려오던 자객들은 시신을 피하려고 허공으로 떠올랐다.

나는 그 순간을 놓치지 않고 품속에서 비수를 꺼내 던졌다.

쇄애애액!

퍼퍼퍼퍼퍽!

허공으로 떠오른 놈들은 발 지지대가 없어 비수를 피하지 못하고 비수에 적중 당했다.

"어?"

나는 비수를 던지고 나서도 놀랐다.

빨라도 너무 빨랐다. 본래 놈들을 죽이고자 던진 비수가 아니었다.

비수는 놈들의 이목을 흐트러뜨리는 데 사용한 것이다.

그 정도 비수라면 일급자객들은 충분히 막아낼 수 있었다.

하지만 이들은 내 비수를 막지 못하고 몸에 허용했다.

투투투투툭!

다섯 명의 자객은 허공에서 보릿자루 떨어지듯 흐느적거리며 떨어졌다.

간신히 몸을 지탱한 두 놈은 나를 향해 덤벼들었지만 나는 영익검으로 깔끔하게 목을 베어주었다.

스걱!

그때 혈향이 코끝을 파고드는데 그 아찔함에 잠시 정신이 혼미했다.

마치 오랫동안 잊고 있었던 그리움이 가슴에 사무치는 것 같은 감정을 일으켰다.

"흐음!"

내가 열 명을 모조리 죽이는 동안 뇌룡의검 이상선과 화룡 백이염은 다섯 명을 처리하고 나를 쳐다보고 있었다.

두 사람은 내가 일각도 되지 않아 열 명을 죽이는 모습을 보고는 충격을 받았는지 물끄러미 나를 쳐다보기만 했다.

'자식들, 아마도 충격 좀 받았을 거다. 자객들과 싸우는 게 쉬운 줄 알았지? 싸우기 가장 까다로운 게 자객들이야. 나야 워낙에 자객수련을 받은 이들과 수없이 많은 대련을

해서 어려운 것이 없지만.'

나는 그들의 충격을 이해했다.

나도 처음에 자객수련을 받은 이들과 대련하며 얼마나 고생을 했는지 모른다.

만약 이들이 자객이 아니라 일반 무사였다면 오히려 내가 더 힘들었을지도 모를 일이었다.

나야 자객의 공격 형태를 꿰고 있으니 쉽게 대응하지만 일반 무사라면 이야기는 달라졌다.

공격양상이나 형태가 판이하기 때문이었다.

뇌룡의검 이상선은 간신히 마지막 한 명의 심장에 검을 꽂아 넣고 무심코 반설웅이란 자를 돌아보았다.

그때 이상선은 범빙의 호위무사라는 자의 무위에 그만 충격을 받고 얼어붙고 말았다.

사매와 함께 자신이 처리한 자객들은 모두 다섯 명이었다.

몇 번이나 죽음의 고비를 넘기며 단순한 자객들이 아니라는 것을 깨달았다.

'그런데 그런 자객을 힘들이지 않고 열 명을 순식간에 처리해? 그리고 뒤에 널브러진 시신들을 봐서 혼자서 이들을 스무 명이나 죽인 거야.'

보고서도 믿기지 않았다.

싸우면서 애먹은 것도 처음이었다.

사방에서 날아오는 암기에 신경 쓰랴 저돌적으로 공격해 오는 적과 그들을 미끼로 은밀히 공격해 오는 자들까지 신경 쓰며 싸우기란 여간 까다로운 것이 아니었다.

만약 변변치 못한 대응을 했다면 일류고수라 해도 이들을 당해내지 못했으리라는 것이 이상선의 생각이었다.

'역시 내가 저자에게 호승심을 느낀 것은 착각이 아니었어.'

이상선은 시전에서 봤을 때부터 이상하게 신경을 자극하는 그의 투기에 호승심이 일었다.

일개 의원의 호위란 자에 대해 호기심이 일었지만 마도인이고 대수롭지 않은 호위라 해서 애써 관심을 두지 않았다.

그런데 이렇게 다시 만나고 나니 자신의 감각은 정직했다는 것을 깨달았다.

범빙의 호위란 자가 자신을 보고 싱긋 미소 짓고 돌아설 때 사매 백이염이 넌지시 말했다.

"사형, 범빙의 호위라는 자! 본신의 실력을 감추고 있는 잡니다. 정말 모처럼 소름이 돋는 상대입니다. 제 손아귀에 힘이 들어가게 하는 상대를 오래간만에 만난 것 같습니다."

이상선은 백이염을 돌아보았다.

사매가 지금까지 이렇듯 상대를 극찬하는 경우는 처음

보았다.

화룡 백이염은 오만한 성격에 도도해서 웬만한 사내는 눈에 차지도 않는 여인이었다.

거기다 무위까지 높아 고수가 아니면 상대조차 하지 않는 사매였다.

그래서 이런 사매가 과연 성혼할 수 있을지 볼 때마다 걱정되곤 했지만, 내색은 하지 않았다.

그런 사매가 한 사내를 두고 이렇게 긴장하는 것은 처음 보았다.

이상선은 그것이 사매의 최고의 극찬이라고 생각했다.

"대단한 자다."

그 말이 절로 나왔다.

백이염은 사형의 입에서 대단하다고 칭하는 자를 처음 보았다.

"저자가 마도인이라는 것이 안타깝구나. 우리와 비슷한 나이 또래인데 저 정도 실력이면 어디 내놔도 꿀리지 않는 실력이다. 아니, 움직임만 봤을 때 그는 어쩌면 우리가 생각하는 이상의 실력자일지도 모른다. 그런 자가 마도인이라는 게 마음에 걸린다."

전광석화라는 말이 잘 어울리는 움직임이 아직도 뇌리에 남아서 지워지지 않았다.

내 전신을 살피는 범빙에게 미소 지으며 말했다.

"전 괜찮습니다."

"다행이에요."

범빙은 안도의 한숨을 내쉬었다. 말로는 믿는다 해도 많은 자객을 상대로 싸우는 내가 걱정된 모양이었다.

유이연도 한숨을 쉬었다.

"나 때문에 생목숨 서른 명의 목숨이 죽었군요."

유이연은 자신 때문에 자객들이 죽었다고 생각하는지 표정이 어두웠다.

사람을 살리는 의원이라 그런 생각을 할 수 있었다.

뇌룡의검 이상선이 다가오며 말했다.

"만약 저들이 유 소저를 죽이려고 하지 않았다면 죽지 않았을 것입니다."

유이연의 안색은 여전히 어두웠다.

"만약 제가 몰래 이곳에 오지 않고 이 소협과 같이 있었다면 저들은 살았을까요?"

이상선은 고개를 저었다.

"아닙니다. 저들은 유 소저를 죽이기 위해 고용된 사람들입니다. 기회만 되면 유 소저를 죽이려고 했을 것입니다."

뒤에서 화룡 백이염이 약간 굳은 어조로 말했다.

"유 소저께서 우리에게 아무 말도 안 하고 이곳으로 온 것은 잘못하신 겁니다. 현재 유 소저를 노리는 자들이 있으니 조심하라고 몇 번이나 충고를 드리지 않았습니까?"

화룡 백이염은 약간 화가 난 듯했다. 그래서 유이연의 대꾸도 듣지 않고 말을 이었다.

"유 소저를 찾으려고 약재시장과 시전을 죄다 뒤지다시피 했어요. 만약 우리가 늦었으면 어찌할 뻔 했습니까?"

"사매, 찾았으니 그만 해."

이상선은 사매 백이염이 너무 유이연을 몰아붙인다고 생각했는지 제지했다.

그래도 주의를 시키기 위해 한마디 거들었다.

"이번에 이 일로 유 소저도 느끼는 바가 많을 것입니다. 다음부터는 함부로 홀로 다니지 마셔야 합니다."

나는 이들의 대화를 듣고 시전에서 두 사람을 만난 것도 우연은 아니라는 생각이 들었다.

이들은 그때 유이연을 찾으려고 돌아다니다 농부를 도와주게 된 것이다.

그러다 우리와 마주친 것이었다.

합비에 와서 인연이 깊은 이들이었다.

'이들은 유이연을 호위하러 온 것인가? 그런데 이상한 일이군. 다른 이들도 아닌 백의오룡의 대제자 이상선과 이제자 백이염이 유이연을 호위한다니. 이건 필시 무슨 곡절이 있을 것이다.'

나는 혈첩의 본성이 일어나기 시작했다.

하지만 나는 곧 호기심을 억눌렀다.

혈첩의 본성은 마도를 향한 것이지 구천맹을 향한 것은
아니었다.

나는 구천맹에서 일어나는 일에 관심을 기울일 필요가
없었다.

구천맹의 일을 구천맹에 보고할 일은 없었기 때문이었
다.

다만 개인적인 호기심이 일 뿐이었다.

이 두 사람은 좀처럼 보기 힘든 이들이다 보니 궁금한
것이다.

아무리 구세화 유이연이라 해도 이 두 사람을 호위로 둔
다는 것은 과한 것이었다.

우리는 관도에 접어든 후 마주 섰다.

"반 소협 덕에 유 소저를 지킬 수 있었습니다. 감사합니
다."

뇌룡의검 이상선이 정중하게 내게 포권했다.

백이염도 따라 주먹을 모으며 말했다.

"고맙습니다."

만약 내가 정파 무림인이었다면 이 두 사람은 생명의 은
혜 어쩌고저쩌고하면서 내게 금칠을 했을 것이다.

유이연은 앞으로 나서며 내 손을 꼭 잡았다.

"반 호위님은 제 생명의 은인이십니다. 언제든지 본 장에 들려주십시오. 꼭 보답하고 싶습니다."

나는 섬섬옥수 같은 그녀의 손에서 온기를 느끼며 미소 지었다.

여인이라면 부끄러울 행동이었으나 마치 친근한 환자를 대하듯 해서 자연스러웠다.

그녀의 눈빛과 어조에서는 이성을 대하는 감정은 없었다.

그래서 나는 그녀를 보고 미소 지을 수 있었다.

"유 소저를 살려 수백 명을 살리게 되었으니 저야말로 큰 공덕을 쌓은 셈입니다. 유 소저는 많은 이들을 구제해야 하는 몸이니 항상 안전에 신경 쓰시기 바랍니다. 그리고 제 도움에 대해서는 그리 신경 쓰지 마십시오. 내가 아니더라도 유 소저는 쌓은 덕이 많아 누구라도 도왔을 것입니다."

내 말이 의외였을까?

유이연은 잠시 나를 물끄러미 바라보다 활짝 웃었다.

"그 말을 들으니 제가 의원이 되길 잘했다는 생각이 문득 드네요."

유이연은 잡은 내 손을 놓고는 다시 범빙의 손을 잡았다.

"내게 있어 빙매와의 만남은 찰나였지만 그 정은 십년지기와 같아. 우리 언제 다시 볼 수 있을까?"

두 여인은 나도 모르는 사이 서로 언니 동생 하는 사이가 되어 있었다.

학당에서 의학을 논하며 뜻이 통한 것 같았다.

범빙은 낯을 많이 가리는 편인데 유이연을 언니로 모시는 것이 참으로 의외였다.

'하긴 두 사람은 마치 헤어졌던 자매가 만나 이야기하듯 금방 통했으니까.'

"꼭 언, 언니를 보러 의성장에 들리겠습니다."

그래도 언니란 소리가 쉽게 나오지 않는지 말을 더듬었다.

"그래. 빙매. 너무 아쉬워. 며칠 밤을 새워 동생과 의학에 대해 논하고 싶었는데. 내가 급한 일이 있어."

뭔가 말 못할 급한 일이 있는 것이 틀림없어 보였다.

"나도 만약 기회가 되면 동생의 장원으로 놀러 갈게."

"그래요. 언니."

두 사람은 떨어지기 아쉬운지 손을 놓을 줄 몰랐다.

"이제 가셔야 합니다."

이상선은 주변을 훑어보며 말했다. 언제 어디서 다시 자객들이 습격해 올지 몰라 한곳에 오래 머물 수 없었다.

유이연은 아쉬운 표정으로 범빙의 손을 놓으며 말했다.

"우리 꼭 다시 만나자."

범빙은 마치 연인과 헤어지듯 볼을 붉히고 고개를 끄덕

였다.

유이연은 우리에게 화사한 미소를 보여주고는 몸을 돌렸다.

그리고 뇌룡의검 이상선과 화룡 백이염은 한동안 나를 보다 고개를 끄덕여 인사하고는 말에 올랐다.

우리는 멀어져가는 그들을 보며 한동안 말없이 서 있었다.

제 3 장

NEO ORIENTAL FANTASY STORY

무공을 창안하다

제3장
무공을 창안하다

"이것을 어떻게 설명할 것이냐?"

피풍의 사내는 부복을 하고 질문을 던진 사내를 향해 고개를 들었다.

"죽음으로 이 실수를 사죄해야 하지만 속하에게 한 번 더 기회를 주신다면 반드시 임무를 완수하겠습니다."

"이번 임무의 실패로 극락천 창설 이후 최대의 위기를 직면했다."

피풍의 사내는 미동조차 하지 않은 채 말했다.

"속하를 죽여 단주의 노여움을 푸신다 해도 속하는 원망하지 않겠습니다. 허나, 그 죽음은 임무를 완수하고 받겠습니다."

이들이 말하는 극락천(極樂天)은 무림의 삼대 암살집단이었다.

그들은 북막암천단(北幕暗天團), 살왕전(殺王殿)과 더불어 무림에서 삼대 암살단으로 암약해 왔다.

수많은 암살단이 존재하나 이 세 개의 집단을 삼대 암살집단으로 지목하는 것은 그 역사에 있었다.

그 중 극락천은 활동한 지 가장 오래된 집단이었다.

삼백 년이 넘는 역사를 자랑하는 곳이라 특수한 암살 무공이 발달한 곳이었다.

"네놈의 그 의지를 믿어보겠다. 흑암조(黑暗組)를 줄 테니 임무를 완수하라. 흑암조라면 백의오룡 모두가 유이연을 지킨다 해도 암살할 수 있을 것이야. 이번에 너무 쉽게 생각해 흑암조를 다른 곳으로 돌린 것이 패착이다. 그 결정을 본좌가 내린 것이라 네놈의 목숨에 여벌을 주는 것이다."

"명심하겠습니다. 단주. 흑암조라면 무조건 성공할 수 있습니다."

흑암조는 극락천의 최고의 살수 조직이었다.

삼백 년이나 되는 암살의 역사를 자랑하다 보니 극락천에는 특수한 암살 무공이 존재하는데 그 무공은 암흑살공(暗黑殺功)이었다.

아주 특수한 무공이라 이들이 나서서 실패한 암살은 삼

백 년 역사에서 한 번도 없다시피 했다.

몇 번 이들이 출동해서 그냥 돌아온 적은 있는데 그것은 척살대상이 미리 죽은 후였기 때문이었다.

암흑살공을 익힌 흑암조가 나선다면 백의오룡이 아니라 무림 맹주라도 자신 있었다.

이번에 단주가 확실한 기회를 준 것으로 생각하고 목숨을 바쳐 임무를 완수할 것을 다짐했다.

"이번에 우리 임무에 방해를 한 자들은 어찌할까요?"

자신감을 얻었기 때문일까?

피풍의 사내는 단주를 올려다보며 물었다.

"본천이 방해한 자들을 신경 썼던가? 본천은 오직 척살대상만 신경 쓴다."

"알겠습니다."

암살조직은 실상 척살대상 외에는 고려하지 않는 것이 원칙이었다.

극락천의 주인으로서, 단주의 체면과 위엄을 보이고자 말은 그렇게 했지만 아끼는 수하 서른 명을 도륙한 놈을 어찌 잊을까?

'네놈은 훗날 다시 봐야 하겠지. 지금은 다만 때가 아닐 뿐이다. 그때까지 그 목숨을 붙여주마.'

극락천의 주인은 자신의 충실한 수하를 내려다보며 살기를 뿜어내었다.

피풍의 사내는 단주가 떠난 방에서 벌떡 일어났다.

흑암조와 같이 임무수행을 하는 것은 참으로 같은 극락천 소속의 자객으로서 영광이 아닐 수 없었다.

백마교 합비 지부로 돌아온 나는 제일 먼저 백랑을 씻기고 소 젖을 먹였다.

여기 와서 딱히 할 일이 없어 백랑과 지내는 시간이 많았다.

범빙을 호위하는 일을 빼놓고는 관심을 두고 할 일이 없었다.

침해월과 묘진홍은 자객 습격이야기를 범빙에게 듣고는 득달같이 내게 달려왔다.

"그들이 누군지 아십니까?"

침해월은 심각한 표정으로 물었다. 다른 이도 아닌 그녀가 가장 아끼는 친구 범빙을 습격하려고 한 자들을 용서할 수 없는 것이다.

"자객들의 암살대상은 범 소저가 아니었습니다."

"알고 있습니다. 유이연이라는 의원을 암살하려고 했다는 말을 들었습니다. 하지만 그놈들이 감히 내 친구 범빙까지 죽이려고 한 것은 용서할 수 없습니다. 아버지의 무력단체를 동원해서라도 쓸어버릴 것입니다."

침해월의 눈에서 불이 이는 것 같은 강렬한 살기가 타

올랐다.

그만큼 침해월이 범빙을 아끼는 것이고 또 자신이 아무 것도 해주지 못한 것에 대한 자책일 수도 있었다.

"어떤 새끼들인지 가만두지 않겠어."

묘진홍은 욕을 섞어 가며 울분을 토했다.

"반 호위가 그들과 싸웠다고 하니까 어떤 놈들인지 대충 알 수 있지 않습니까?"

나는 내 생각을 말했다.

"아직 어디라고 딱 짚어 말할 수 없지만 확실한 한 가지는 알고 있습니다."

"그게 뭐야? 뜸 들이지 말고 말해."

묘진홍은 흥분했는지 귀가 발갛게 달아올라 있었다.

"어중이떠중이 자객들이 아니었습니다. 놈들 개개인의 무위도 하나같이 출중했습니다."

침해월이 고개를 끄덕였다.

"그렇겠지요. 여을에게 말을 들어보니 백의오룡의 첫째와 둘째가 애를 먹었다고 하더라고요. 그자들이 애먹을 정도면 보통 자객들이 아니라는 말이지요."

내가 말을 보충했다.

"뇌룡의검이나 화룡은 자객들과 대전한 경험이 없어서 애를 먹은 것이지요."

묘진홍이 무슨 일인지 나를 추켜세웠다.

"흥, 그자들은 내가 잘 알아. 고작 자객들 따위에 고전할 수준이 아니야. 혼자서 다섯 명 밖에 처리를 못 했다면 그 자객들은 단순히 비수만 던질 줄 아는 자들이 아니라는 거야. 그나저나 그 둘이 합쳐 다섯 명을 죽일 때 너 혼자 스무 명을 죽였다고 하니 어쩌면 네 실력이 그 두 사람을 뛰어넘을지도 모르겠어."

"아무리 그래도 내가 어떻게 후기지수 중에서도 손으로 꼽히는 그들을 능가할까?"

괜히 그 두 사람에게 미안해 내가 겸양을 떨자 묘진홍이 콧방귀를 뀌며 말했다.

"넌 너무 자신을 과소평가하는 경향이 있어. 큰물에서 놀지 못해서 네가 어느 정도 실력인지 몰라서 그래. 너 정도면 어디 가서 목에 힘줘도 괜찮아. 그건 나하고 해월이가 보장해."

침해월은 그 말에 고개를 끄덕여 동의를 표했다.

"만약 반 호위가 진신절기를 보인다면 어느 정도일지 전 상상이 되지 않네요."

내가 아직 천변만환검법을 제대로 선보인 적이 없다 보니 두 사람은 큰 기대를 하는 것 같았다.

"그건 됐고, 그래서 넌 그 자객들이 누구라고 생각하는 거야?"

묘진홍이 샛길로 빠진 대화를 다시 본궤도로 돌려놓았다.

"내 생각엔 극락천이나 북막암천단, 살왕전 중 한 곳 같아."

내 말에 묘진홍이나 침해월의 안색이 흐려졌다. 그 세 곳의 자객집단은 일개 문파와 맞먹는 무력을 갖춘 곳이기 때문이었다.

그들의 근거지조차 알려지지 않아 그들을 척결하려고 해도 불가능했다.

"유이연이란 여인도 참으로 안됐구나. 그런 놈들의 암살 대상이 되다니."

울분을 토하던 묘진홍이 갑자기 유이연의 명복을 비는 듯한 말을 하자 침해월이 대꾸했다.

"만약 놈들이 다시 범빙을 건드리는 날이면 그땐 그놈들 씨를 말려 버릴 거야."

침해월도 그 삼대암살단체와 싸운다는 것은 어렵다는 것을 알기 때문에 한발 물러섰다.

묘진홍은 나를 보며 말했다.

"그런 놈들을 막아내고. 너도 어떤 면에서는 명이 질기기도 하면서 대단하다."

묘진홍은 내게 진심으로 감탄한 얼굴이었다.

"그런 놈들을 스무 명이나 죽이다니."

침해월이 침중한 어조로 말했다.

"그래서 내가 걱정이야. 한두 명도 아니고 자객들을 스무 명이나 죽인 반 호위를 가만둘 것 같아?"

"자객들은 암살대상을 먼저 죽이기 전에는 절대 딴 곳에 신경을 쓰지 않아. 돈이 안 되거든. 그러니 유이연이 죽기 전에는 안전하다고 할 수 있지."

마도에서 자란 묘진홍은 그러한 사실을 잘 알고 있었다.

거기에 비해 침해월은 마도에서도 곱게 자란 편이라 묘진홍만큼 마도의 습성을 잘 알지 못했다.

"어쨌든 이제는 진짜 신경 써서 호위해야 합니다."

침해월이 내게 당부하자 묘진홍이 말했다.

"그리고 사흘 후에 삼천무가 있어. 그날은 범빙도 가야하니까 만반의 준비를 해 둬."

범빙이 아무리 삼천무에 관심이 없다고 해도 문주의 명으로 온 것이니만큼 비무하는 당일에는 참석하는 것이 도리였다.

범빙도 그 정도는 알고 있기 때문에 참석하는 것이다.

사흘간 특별히 어디 외출할 일도 없어 범빙은 방에 틀어박혀 모처럼 의학서를 탐독하고 있었다.

덕분에 나는 내 무공을 정립할 시간을 얻을 수 있었다.

침해월과 묘진홍은 그간 익힌 초식들을 점검하는데 시간을 보냈다.

그래서 나는 나를 계속 고뇌에 빠뜨렸던 두 가지 고민을

심도 있게 생각해 볼 수 있었다.

끼이이이잉!

하지만 내가 명상에 빠지려고 하면 백랑이 다가와 놀아 달라고 머리를 비벼댔다.

백랑은 보름 사이에 성묘(成猫)만 해져서는 여을이 안기에도 부담스러운 크기가 되었다.

본래 늑대들이 발육이 좋지만 이렇게 빨리 성장할 줄은 몰랐다.

"백랑아, 미안한데 이 아빠가 지금 생각을 할 게 있어. 그러니 혼자서 놀아."

백랑은 슬픈 눈을 하더니 돌아섰다.

마치 내 말을 알아듣는 눈치였다.

그래도 늑대였다. 마루 끝에 쥐새끼가 보이자 발톱을 보이더니 쥐를 향해 몸을 날렸다.

아직 쥐를 사냥할 만큼 힘이 좋지 않을 텐데 사냥감을 보자 사냥본능을 보였다.

백랑이 사라지자 나는 명상에 빠졌다.

한 단계 더 높은 무예의 경지를 위해 이렇게 명상에 잠기는 것은 나 같은 혈첩에게는 사치였다.

지금 나는 그런 사치를 마음껏 만끽하고 있었다.

그러나 한 시진 동안 명상에 잠겨 있다 눈을 떴지만 얻은 것은 마음의 평정밖에 없었다.

"이름 하나 짓지도 못하는구나."

이름조차 생각할 수 없다는 것은 내가 아직 체공술에 의한 공격을 제대로 이해하지 못하고 있다는 증거였다.

"아직 내가 취할 무예가 아닌가 보구나."

일전에 명상에 빠져 뭔가 가닥을 잡았을 때 윤곽을 잡았어야 하는데 그 기회를 잃은 것이 원통했다.

그러다 내 앞에 놓인 것을 보고 쓴웃음을 지었다.

"하하하. 이것 참."

내 앞에는 쥐새끼 두 마리가 죽은 채 놓여 있었다.

백랑이 내게 자랑하려고 갖다 놓은 것이다.

태어난 지 얼마 되지도 않은 백랑이 쥐새끼를 잡은 것도 신기한데 그런 쥐를 잡아 내게 갖다 준 것도 대견했다.

쥐를 잡아와 내게 사냥 결과물을 자랑하고 있었다.

나는 문득 백랑이 이대로 자라도 되는지 고민했다.

늑대는 야성의 본능을 가지고 있는데 이렇게 인간의 품에서 자라게 되면 늑대의 야성을 잃게 되어 고양이로 변하는 것은 아닐지 걱정되었다.

쥐 두 마리를 잡고 힘이 들었는지 그늘에 강아지처럼 배를 드러내놓고 잠이 든 백랑을 보며 피식 웃었다.

백랑은 늑대지만 주로 보고 자란 것은 개와 고양이이다 보니 그 두 짐승에게 보고 배우는 것을 따라 하는 편이었다.

그래서 강아지처럼 굴고 고양이처럼 사냥하고 있었다.

"아무래도 백랑이가 다른 맹수들에게 사냥당하지 않을 정도로 크면 산에 놓아줘야 할지 모르겠구나."

그런 생각을 하다 그늘이 서서히 줄어 햇빛이 백랑의 배까지 슬금슬금 기어 올라왔다.

나는 햇빛에 노출되어도 깊은 잠에 빠진 백랑을 안으려고 허리를 숙이다 길게 드리워진 내 그림자를 보았다.

나는 그때 전신을 관통하는 뇌전(雷電)을 느꼈다.

'깨달음은 정말 우연히 온다고 하더니 그 말이 사실이구나.'

나는 늘 보던 그림자를 보고 깨달음을 얻게 될 줄 몰랐다.

그림자를 보면서 나는 범척의 그 체공술이 그림자와 닮았다는 것을 깨달았다.

허공에 떠 있는 모습은 그림자가 길게 늘어진 것 같은 착각을 주었었다.

마치 부운등공(浮雲騰空)의 고절한 경신술처럼 보이는 것인데 지금 생각하니 나는 그때 범척이 구름을 타고 공격하는 착각에 빠졌었다.

"등운섬영(騰雲閃影)!"

난 드디어 체공술에 의한 공격법에 이름을 지을 수 있었다.

그러다 보니 축지환보에 의한 빠른 공격의 이름도 덩달아 떠올랐다.

"무영무종섬(無影無踪閃)!"

이 두 가지는 하나의 초식이라고 보기 어려웠다.

혈영체를 가지며 생긴 공능을 이용하는 것이니만큼 무예라고 보기에는 무리가 있었다.

하지만 나는 이 힘을 무예와 섞어 보려는 생각이었다.

그렇게 되면 엄청난 위력이 나올 것이라고 믿었다.

축지환보는 순식간에 몸을 이동시킬 수 있는 보법이었다.

그런데 그것이 혈영체와 만나 더욱 빨라졌다.

나는 자객들과 싸우면서 그 사실을 깨달았다.

시간이 갈수록 그리고 싸울수록 나는 혈영체의 공능에 놀라고 있었다.

지금까지 내가 느끼는 혈영체의 공능은 혈기류를 느끼며 내가 주체할 수 없을 정도로 빨라지고 상당시간 허공에 몸을 체공시킬 수 있는 능력이었다.

그런데 이것들은 무인이라면 가장 얻고 싶어 하는 능력이었다.

무인들이 공력을 쌓는 것은 사실 이런 공능을 얻기 위한 노력이었다.

나는 나 정도의 움직임을 보이는 고수를 본 적이 있다.

그 대단하다는 구천맹 장로들이나 단주들 정도만이 내가 보인 움직임을 보일 정도였다.

그들은 모두 이갑자 이상의 공력을 지닌 고수들로 나는 언감생심 꿈도 꿔보지 못할 경지들이었다.

그런데 나는 간신히 도달한 일갑자로 그들과 비슷한 움직임을 보이고 있으니 거의 기적에 가까운 능력이 아닐 수 없었다.

혈기류를 감지하는 것만 해도 무인에게 있어 상승무학 몇 개는 더 익히고 있는 것과 다를 바 없었고 몸이 눈으로 좇을 수 없을 정도로 빨라지는 것은 최고의 경신술을 익히고 있는 것과 별반 다를 것 없었다.

그러나 그러한 상승무학은 내가 죽을 때까지 볼 수 없다는 것을 가정한다면 혈영체 하나가 얼마나 큰 능력을 주는지 알 수 있었다.

거기다 아직 몸으로 직접 확인해 보지 않았지만 죽지 않는 능력까지 준다고 하니 혈영체 보다 더 뛰어난 무공이어디 있을 것이며 영약이 어디 있을 것인가.

이 두 무공은 일종의 무학의 결정체 같은 것이었다.

초식으로 이어진 것이 아니라 혈영체의 능력을 극대화시킨 상태에서 무공을 시전하는 것이니.

"등운섬영, 무영무종섬."

나는 이 이름이 상당히 마음에 들었다.

왜 이렇게 이름에 신경을 쓰느냐고 누군가 묻는다면 이름이 바로 개념의 시초이기 때문이라 말할 것이다.

윤곽은 우선 이름에서 생기는 법이었다.

그리고 나는 비로소 천변만환검법을 어떻게 발전시켜 나가야 할지 감을 잡았다.

천변만환검법은 변초와 환초로 이뤄진 검법이다.

어찌 보면 현란한 검초지만 어떤 이들은 쓸모없는 것이라 말하기도 한다.

변화에 치중하다 보니 실전력이 떨어진다는 평이 있었다.

'그런데 그런 것들이 모두 두 배 이상 빨라진다면 과연 변초와 환초를 막을 자가 있을까?'

내 움직임이 빨라졌다면 백랑비마의 천변만환검법도 빠르게 발전시킬 수 있었다.

초식의 전개를 두 배만 빠르게 진행해도 그 위력은 전과 확연히 달라질 것이다.

다른 사람이 한 호흡에 다섯 번의 변화를 줄 수 있다면 나는 그 두 배나 세 배로 늘릴 수 있었다.

지금의 속도라면 두 배는 빠르게 초식을 전개할 수 있을 것 같았다.

"만약 내 생각이 맞는다면 천변만환검법은 천변만환섬이라는 이름으로 바뀌게 될 거야."

나는 내 생각대로 초식이 운용될 것인지 시험해 보고자
일어섰다.

그러자 햇빛을 받고 자던 백랑이 더운지 꿈틀거리다 일
어났다.

그리고 나를 발견하고는 반갑다고 껑충 뛰며 고양이처
럼 내 발에 매달렸다.

안아달라고 떼를 쓰고 있었다.

"네 덕이다. 백랑아."

내가 백랑을 안아 들고 백랑의 머리를 쓰다듬었다.

끼이이이잉!

백랑은 기분이 좋은지 내 손을 계속 핥았다.

나는 백랑을 데리고 후원으로 나섰다.

백마교 합비지부 후원에는 무사들을 위한 연무장이 마
련되어 있었다.

이곳에서 침해월과 묘진홍이 수련을 하는데 지금은 두
여인의 모습이 보이지 않았다.

나는 마침 잘 됐다는 생각에 영익검을 빼 들고 천변만환
검법을 처음부터 끝까지 천천히 펼쳤다.

그런 다음 다시 처음부터 끝까지 속도를 빠르게 전개했
다.

내가 어느 정도까지 빠르게 초식을 전개하는지 알기 위
함이었다.

마체역근경을 운영하자 진기도 아닌 기이한 느낌의 기운이 사지백해로 퍼져 나가는 것을 느꼈다.

이전까지는 이러한 느낌을 제대로 감지하지 못했는데 오늘은 확실히 알 수 있었다.

'이걸 뭐라고 표현해야 하지?'

좀 아프지만, 기분이 좋아지는 것 같은 것이 누군가에게 강하게 안마를 받는 느낌이었다.

그 순간 나는 어째서 혈영체의 기운을 마체역근경으로 억제하려고 하는지 알 것 같았다.

만약 이런 감각을 계속해서 가지고 있다면 종일 안마를 받는 것인데 그것도 괴로울 것 같았다.

안마를 받는 것도 길어야 한 시진이지 그것을 온종일 받는다면 어찌 몸이 성하겠는가.

'그리고 혈영체의 이 기운이 이것으로 한정된다고 생각할 수도 없고.'

지금은 모르지만 혈영체는 상당히 예측할 수 없는 힘이었다.

마체역근경은 단지 혈영체를 복용하면서 생기는 부작용을 억제하고 통제하는 심법이었다.

마체역근경으로 혈영체를 완전히 통제할 수 있게 되면 혈영체의 힘을 끌어낼 수 있는 심법이었다.

나는 이제야 좀 더 마체역근경에 대해 깊이 이해할 수

있었다.

뻐근하면서도 시원한 느낌의 기운이 사지백해로 뻗어나갈 때 나는 다시 초식을 연계해 나갔다.

그러자 그 이전 보다 나는 사물이 더 빨리 스쳐 지나가는 것을 느꼈다.

그만큼 내 움직임이 빨라졌다는 의미였다.

본래 이렇게 움직임을 빠르게 하기 위해서는 공력과 체력이 뒤따라야 가능했다.

그리고 그 두 가지는 하루 이틀에 이룰 수 있는 것도 아니었다.

수년에서 수십 년을 수련해야 초식의 속력을 높일 수 있는 법이었다.

공력과 체력을 극대화해야 비로소 최고의 속력으로 초식을 전개할 수 있었다.

그런데 나는 아무 힘도 들이지 않고 그것을 이루고 있었다.

'남들이 볼 때 나는 얼마나 빠르게 보일까?'

나는 초식을 밟으며 전개하면서 주변이 빠르게 변하는 것을 보며 빠르게 움직인다는 것을 알고 있지만 얼마나 빠르게 움직이는지는 체감할 수 없었다.

그런데 그것을 알려줄 수 있는 사람이 나타났다.

"세상에!"

여을이 잠시 후원에 나왔다가 내가 수련하는 모습을 보고는 탄성을 발했다.

여을은 무공을 모르는 여인이라 어째서 감탄을 하는지 알 수 없었다.

나는 영익검을 요대에 갈무리하고 돌아섰다.

땀 한 방울 흘리지 않았다.

예전이었다면 이런 정도로 수련했다면 온몸은 땀에 젖어 물에 빠진 생쥐 모습이었을 것이다.

"여 소저."

나도 모르게 무심코 여을에게 소저라는 말을 붙였다.

그러자 여을이 상기된 얼굴로 나를 바라보다 고개를 저었다.

"제게 소저라는 말은 가당치 않아요. 그러니 소저라고 부르지 마세요. 그냥 여을이라 부르세요."

내가 머뭇거리자 여을이 말을 일었다.

"그럼 제가 더 편할 것 같아요. 그리고 반 호위님이 내 이름을 부르면 마치 제 오라비가 나를 부르는 것 같아서 좋아요."

"그럼 여을이라고 불러도 괜찮겠소?"

"그렇게 불러주세요. 그리고 공대도 하지 마시고요. 가끔 제게 공대할 때가 있어요. 지금처럼요." 본래 사람들이 있을 때는 여을에게 하녀를 대하듯 이름을 부르고 하대를 사용했다.

하지만 그녀가 살던 마을에 다녀온 후 여울을 존중해주고 싶은 마음이 들었다.

"그냥 친구처럼 대해주면 돼요."

나는 여울의 눈빛에서 진심을 읽을 수 있었다.

"그래, 알았어."

"거봐요, 얼마나 편해요. 반 호위님도 편하고 저도 편하고. 여울아 하고 불러봐요."

나는 여울이 가문의 묘소에서 실컷 운 후 밝게 변한 것 같아 보기 좋았다.

그래서 이런 요구에 쉽게 응했는지 몰랐다.

"여울아."

그 말에 여울이 활짝 웃었다.

정말 처음 보는 환한 웃음이었다. 박속같은 하얀 이를 드러내 놓고 웃는 것은 처음이었다.

하지만 문득 그녀의 눈빛에서 슬픔을 발견했다.

아마도 자신을 그렇게 불러주는 가족들을 상기했나 보다.

나는 얼른 화제를 돌렸다.

"그런데 내가 하는 수련을 보고 어째서 탄성을 터뜨린 거야? 초식을 알아본 거야?"

그러자 여울은 고개를 저었다.

"아니요. 제가 어찌 무예를 알고 논하겠어요. 단지."

나는 그 후에 나올 말이 기대되어 여을의 입을 응시했다.

"반 호위님의 모습이 마치."

"마치 뭐?"

"그거 있잖아요. 벌이 빠르게 나는 것 같은 거요. 허공 중에 벌이 이리저리 왔다갔다하는 모습 같았어요."

"내 모습이 빨라 보였던 거야?"

내가 원하던 말이 여을의 입에서 나왔다.

"예, 어떻게 설명하지? 부채를 빠르게 흔들면 막 잔상이 남잖아요. 반 호위님 모습이 꼭 그런 것 같이 잔상이 남았어요."

잔상이 남을 만큼 내가 빠르게 움직였다는 말을 듣자 소기의 성과를 달성했다는 것을 깨달았다.

눈이 쫓을 수 없이 빠르면 눈에 잔상이 남기 마련이었다.

"제 눈에도 뭔가 기이한 느낌을 주었어요."

여을이 무예를 모르니 제대로 표현을 하지 못한 것이지 만약 무예를 알았다면 나를 보고 까무러쳤을 수도 있었다.

눈에 잔상을 남길 정도의 빠르기라면 전광석화라는 말로 부족했다.

초식 연계가 그렇게 보인다면 나는 정말 빠르게 움직인

70

것이다.

'침해월이나 묘진홍이 이 모습을 봤다면 어떤 표정을 지었을까?'

나는 문득 궁금해졌지만 내 실력을 그들에게 노출할 필요가 없어 과시욕을 잠재웠다.

오랫동안 세작으로 살아오다 보니 내 신분이나 실력을 드러내는 것이 익숙하지 않았다.

나는 사나흘 동안 그렇게 천변만환섬을 수련하고 나머지는 백랑과 어울리며 시간을 보냈다.

나에게는 그 어느 때보다 즐거운 시간이 아닐 수 없었다.

제 4 장
NEO ORIENTAL FANTASY STORY
마도의 후기지수들

제 4 장
마도의 후기지수들

백랑비마의 천변만환을 천변만환섬으로 변화시키며 나는 이 검법에 자신감이 생겼다.

검법을 수련하다 보면 변화만으로는 한계를 느끼게 된다.

적을 제압하기 위해서는 일격을 가해도 묵직해야 하는데 변화를 중점으로 두는 무예는 상대를 현혹하는 것이라 패도적인 기세에 밀리기 마련이었다.

변화가 많으면 많을수록 느리게 되는 것은 당연지사고 힘이 떨어지는 것은 어쩔 수 없었다.

하지만 그 변화가 빠르기까지 하다면 패도적이고 아무리 묵직한 힘이라도 제압할 수 있었다.

내가 공부하고 수련하면서 느낀 무예의 최고의 가치는 빠름이었다.

상대가 아무리 강해도 느리면 소용없었다.

먼저 상대의 목숨을 끊는 것이 빠르다면 그 어떤 강함도 무용지물이었다.

그런데 혈영체는 그것을 가능하게 만들었다.

그 빠름에 변화가 따라준다면 변섬(變閃)이야 말로 무예의 궁극이지 않을까 하는 것이 내 생각이었다.

거기다 내가 구상한 무영무종섬이나 등운섬영을 완성한다면 어쩌면 나는 무예의 한 획을 그을 수 있는 무인으로 남을 수 있을지도 모를 일이었다.

그런 생각을 하니 몸이 후끈 달아올랐다.

천변만환섬에 푹 빠져 있어 무영무종섬과 등운섬영은 구상만 해 놓고 차후 계속 보완해 나가기로 했다.

천변만환섬을 발전시켜 나가다 보면 나머지 두 가지 무공을 완성할 수 있을 것이라 생각했다.

드디어 안휘 삼천무의 날이 밝아왔다.

아침부터 침해월과 묘진홍은 상기된 표정으로 돌아다녔다.

'제대로 잤는지나 모르겠군.'

합비에 도착해서도 수련만 열중하던 침해월이었다.

거기다 낙화유수검 악우명을 만나면서 뭔가 더 열정적으로 변해 있었다.

나는 침해월같이 냉정해 보이는 여인이 사랑 앞에서 더 열정적이라는 것을 알고 있었다.

자신의 내면을 냉막함으로 감추고 있을 뿐이지 실상 뜨거운 여자일 것이다.

정말 침해월이 냉정한 여인이라면 누군가를 좋아하지도 않았을 것이다.

우리는 마차를 타고 이번에 삼천무가 개최되는 묵혈교 합비지부로 향했다.

올 때와 마찬가지로 침해월, 묘진홍, 범빙, 여을과 함께였다.

묵혈교 합비 지부에 도착하자 일단의 묵혈교 무사들이 마중 나와 있었다.

그리고 하나의 월동문을 들어서자 그곳에서 일전에 만났던 묵혈교 소교주 가유역과, 가령, 악우명이 맞아 주었다.

이들은 일부러 침해월 때문에 마중을 나와 있었다.

"어서 오십시오."

가유역은 정중하게 우리 일행을 맞았다.

침해월은 악우명을 힐끗 쳐다보더니 포권으로 인사했다.

"안녕하십니까."

우리는 서로 인사를 나누고 나자 가유역이 말했다.

"이번 삼천무를 위해 합비에 계시는 마도의 명숙들을 모셨습니다. 가서 인사부터 드립시다."

이번 삼천무를 위해 이마이교의 장로급이 참가했을 것이라 여겼다.

비무는 일종의 명목일 뿐이고 이마이교의 단합과 건재함을 과시하기 위한 행사였다.

그런 행사에 마도 명숙이 빠질 리 없었다.

합비만 해도 이마이교의 지부가 존재하는데 그곳의 지부장들만 해도 모두 무림에서 명성깨나 떨치는 마도인이었다.

비무대가 준비된 상단의 무림 명숙들을 위한 자리에서도 중앙에 앉아 있는 자를 보고 나는 흠칫하고 놀랐다.

뜻밖의 인물이 우리를 보고 싱긋 웃고 있었다.

묘진홍도 놀라서 그를 보고 중얼거렸다.

"저거, 뭐야? 저자가 어떻게 여기에 있는 거지?"

침해월이 문득 입을 열었다.

"서곤이 참가했을 때부터 알아봤어야 했어. 서릉이 흑사문에만 있을 것으로 생각한 것이 잘못이야. 실제로 서릉은 자식의 장례식을 보러 온 것이기도 했지만, 이번 안휘 삼천무를 참관하러 온 것이기도 한 거야."

"음흉한 늙은이 같으니라고. 그러면서도 그런 내색을 하지도 않다니. 네 아버지도 놀랐겠다."

묘진홍은 시선을 범빙에게 돌렸다.

서릉을 피해 안휘 합비까지 왔는데 여기서 다시 서릉을 보게 될 줄 몰랐던 것이다.

범척도 그가 이런 행보를 보일 줄 몰랐을 것이다.

우리는 어찌 되었든 그들 앞으로 다가가 인사했다.

"삼가 말학들이 선배님들께 인사드립니다."

서릉은 흐뭇한 미소를 지으며 고개를 끄덕였다.

"그래. 여기서 다시 보게 되는구나."

현재 이마이교의 참관인 중에 서릉보다 배분이 높은 자가 없어 서릉이 가장 상석에 앉았다.

또 배분이 비슷한 장로가 있다 해도 이마이교 중에서 가장 세력이 성대한 혈웅맹의 서릉에게 자리를 양보했을 것이다.

우리는 다른 명숙들에게 인사를 하는 둥 마는 둥 하고 자리를 빠져나왔다.

침착한 침해월도 상당히 당황한 모습이었다.

혹여 친구 범빙에게 무슨 일이라도 벌어질까 걱정하는 표정이 역력했다.

"흥, 지가 이런 곳에서 해코지하겠어? 거기다 나도 있는데."

묘진홍은 불안한 마음을 달랬다.

서룡과 묘균혁은 부맹주파에 대항해서 서로 연합 종횡하고 있으니 자신의 얼굴을 봐서라도 범빙에게 해코지를 못할 것으로 생각한 것이다.

하지만 아무것도 모르는 가유역은 우리가 명숙들에게 인사하고 나오자 말했다.

"이번에는 삼천무에 참가하는 기재들을 보러 가지요. 모두 이번에 칼을 갈고 나온 것 같더이다. 하긴, 공력이 반 갑자 증진되는 영약이 우승상품이니 오죽하겠소."

가유역은 자신만은 그것에 관심이 없다는 듯 말하며 우리 일행을 안내했다.

범빙과 우리만 몰라서 그렇지, 이미 다른 이마이교의 후기지수들은 이곳에서 와서 서로 어울린 지 꽤 되었다.

가유역이 인사하자고 한 것은 침해월이나 묘진홍에게 한 말이 아니라 범빙에게 한 말이었다.

가유역은 묵혈교의 소교주로 이번 삼천무가 개최되는 주인으로서 범빙을 신경 쓴 것이다.

범빙은 묵혈교에 들어 온 후 한마디 하지 않고 오로지 고개만 끄덕여 대답을 대신했다.

마도 명문세가의 기재들을 만난다는 것이 부담스러운 것이다.

비무를 시작하기 전에 모두 한자리에 모여 차를 마시던

80

참가자들이 가유역과 우리를 보고 고개를 돌렸다.

그 중 우리 일행을 유난히 날카로운 눈빛으로 바라보는 두 사람이 있어 가유역이 제일 먼저 소개했다.

"하하하, 두 분은 미인이 들어오니 눈빛이 살아나는군요."

가유역이 농을 던지며 분위기를 가라앉히고 나서 말을 이었다.

"여기 있는 분은 모두 명성을 들어서 아실 겁니다. 백도에 구세화 유이연이 있다면 마도에는 마성화 범빙이 있다는 말을. 바로 그 소문의 주인공이신 범빙 소저입니다."

"오오!"

좌중에서 탄성이 일었다.

그러더니 한 청년이 일어나 포권으로 인사했다.

"안녕하십니까. 범 소저. 소생은 육문비라 합니다. 마도의 의성이라 하는 소저를 뵙게 되어 영광입니다."

정중하게 인사를 하는 청년은 혈웅맹 맹주 육극의 아들인 뇌룡마검 육문비였다.

이 청년 때문에 백의오룡중 장제자 이상선이 뇌룡의검이라는 별호를 얻게 되었다.

마도의 기재라 해서 백도의 기재에 비해 흠이 있는 것이 아니었다.

오히려 기도가 출중해 더 뛰어나 보이는 부분도 있었다.

바로 뇌룡마검 육문비가 그런 사람 중 한 사람인데 뇌룡의검과 비교하면 패도적이고 날카로운 기세가 강했다.

이러한 기세를 백도라면 흉흉하다고 표현하겠지만 마도에서는 제대로 된 마기라 칭찬했다.

사내답게 생긴 얼굴이고 체격도 당당해서 풍기는 기도와 절묘하게 어울렸다.

그런 뇌룡마검 육문비 옆에 있던 청년이 범빙을 향해 인사했다.

"고맹입니다."

육문비의 소개에 이름만 밝힌 것은 같은 소속이기에 생략한 것이다.

'고맹이 같이 왔군.'

고맹(高猛)은 혈웅맹 부맹주 고학의 아들이었다.

'그런데 육문비와 고맹이 동행했다니 의외로군.'

오래전 혈웅맹의 맹주파와 부맹주파가 사이가 좋지 않다는 첩보를 접했기 때문이었다.

고맹은 차분한 인상이지만 사악한 기운이 풍기는 것을 봐서는 마공을 대성한 것처럼 느껴졌다.

그 두 사람보다 머리 하나는 더 큰 청년이 앞으로 나섰다.

"나는 상교요."

뭔가 도전적인 눈빛을 내게 던지며 나서는 이는 사십사

혈마단 단주 상약의 조카인 상교였다.

침해월이 걱정하던 인물이었다.

나는 그에게서 흘러나오는 살기를 감지하고는 상교는 이번 삼천무에는 관심이 없고 나 때문에 참가한 것이라 느꼈다.

삼천무에 참가했다 해서 모두 도전하는 것은 아니었다.

일부는 관전하러 온 이들이었다.

이번 안휘 삼천무 비무는 참가패가 없으면 참가 자체가 불가능하기 때문이었다.

그리고 그 참가패는 황금 백 냥씩 낸 자에게만 허가된 것이고 이마이교에 적당히 배분해서 한 문파에 네 개씩 할당했다.

그러니까 혈웅맹의 경우 묘진홍이 그의 할아버지 덕에 하나를 가지고 있고 소맹주 뇌룡마검 육문비와 서룡의 손자 서곤 부맹주의 아들 고맹이 가지고 있었다.

그러니 상교 같은 이는 참가패도 없이 참관하러 온 것이다.

마도의 쟁쟁한 후기지수들이 비무하는 것만 보더라도 얻는 것이 적지 않기 때문이었다.

삼천무에는 열네 명이 비무를 하는 것으로 알려졌다. 그 열네 명 중에 네 명이 강력한 우승후보로 압축되어 있었다.

당연하게도 이마이교의 후계자들이었다.

혈웅맹의 뇌룡마검 육문비, 백마교의 소교주 태막(太莫), 묵혈교의 소교주 가유역, 그리고 전력이 잘 드러나지 않은 철흑맹의 소맹주 초량(礎良)이었다.

이들은 가문의 비전절기들을 모두 익힌 기재들로 이마이교의 후계자로 자리를 잡았다.

그 외 나머지는 모두 그 네 명의 주역들을 빛내주기 위한 조연이라고 할 수 있었다.

이런 이들 속에서 묘진홍이 우승해서 상품을 받을 수 있을 것이라고는 생각하지 않았다.

침해월이 좌수검을 완벽히 익혔다면 몰라도 그녀조차도 이들 네 명은 버거운 상대였다.

범빙은 마도의 후계자들과 인사하며 잠시 휘청거렸다.

그들이 내 뿜기는 기세는 일개 연약한 의원이 버틸 수 없을 정도로 강했다.

사실 그들 마도의 후기지수들은 상대의 기세가 승하자 저도 모르게 진기가 뿜어 나와 대응하다 보니 주변에 이렇게 기세가 넘쳐흐른 것이다.

쉽게 기세들을 갈무리할 수 없는 상태였다.

그때 갑자기 범빙의 주위에 훈풍이 감돌았다.

범빙의 주변만 마도의 후기지수들이 뿜어낸 기세가 싹 사라진 것이다.

한결 편안해진 범빙은 영문도 모르고 다른 이들과 인사를 나눴다.

반면 그것을 눈치 챈 네 명의 후계자들은 서늘한 눈빛으로 여을과 나를 응시했다.

자신들이 뿜어내는 기세를 우리 두 명 중 한 명이 없앤 것으로 생각한 모양이었다.

하지만 여을이 무공을 익히지 않은 몸이란 것을 알고는 일시에 네 명의 시선은 나에게 집중되었다.

이미 인사를 마친 철흑맹의 소맹주 초량이 말했다.

"범 소저 곁에 계신 분은 누구지요?"

초량은 내게 관심을 보였다.

그때 나는 내가 실수했음을 깨달았다.

범빙이 이들이 내뿜는 기세에 힘들어하기에 그들의 기류를 파악해 제거하자 나에게 관심을 보인 것이다.

자신들의 기세를 일거에 소거할 수 있는 능력자가 이 자리에 있을 것이라고는 생각하지 못해 더욱 놀라는 눈치였다.

나도 사실 범빙의 주변에 깔린 그들의 기세를 제거할 수 있다고는 생각하지 못했다.

그저 나는 범빙을 편하게 해주기 위해 기류를 파악하고 그들 기류만 약간씩 다른 길로 인도한 것뿐이다.

그것이 성공할 것이라고는 생각해 보지 못한 것인데 이상하게도 내 기세에 다른 기류들이 잘 따라와 준 것뿐이었다.

그런 것인데 그들로서는 자존심이 상할 법도 했다.

범빙은 분위기가 심상치 않자 말했다.

"그럼 저는 참관석으로 먼저 가겠습니다. 가서 약재를 준비해야 합니다."

범빙의 삼천무 참가 목적이 비무중에 생기는 부상자를 치료하는 것이었다.

그렇다 보니 이들과 함께 있을 이유가 없었다.

범빙은 그들이 나를 탐탁지 않게 여기는 눈치이자 요령 있게 빠져나왔다.

"그래, 먼저 가 있어."

침해월은 범빙이 이 자리를 어려워하자 얼른 말을 받았다.

나는 다른 이들의 이목을 한껏 받으며 그 자리를 벗어났다.

"호위인가요?"

범빙이 호위와 함께 사라지자 철흑맹의 소맹주 초량이 침해월에게 물었다.

"예."

일체 다른 말을 하지 않고 대답만 했다.

"마성화는 대단한 호위를 두었군요."

초량이 약간 감탄한 듯한 어조로 말하자 백마교 소교주

태막이 대꾸했다.

"초 형이 인정할 정도로 대단했던가요?"

태막은 담담한 표정이었으나 역시 감탄한 눈빛이었다.

"근래에 들어 기량을 측량하지 못한 또래는 처음이었습니다."

상당히 광오한 말이긴 해도 그 자리에서 초량의 말을 반박할 사람은 없었다.

초량이 철흑맹의 맹주 초후(礎厚)의 신요도(神謠刀)를 대성했다고 알려졌기 때문이었다.

그래서 철흑맹의 맹주 초후는 신도(神刀)라는 외호가 있으며 초량은 소신도(小神刀)라는 별호가 있었다.

그것은 초량이 그 아비의 진전을 제대로 전수받아 붙은 별호였다.

최근 들어 마도의 후기지수들 중 가장 강할지도 모른다는 평가를 받는 이가 초량이었다.

그 때문에 혈웅맹의 뇌룡마검 육문비와 비교되곤 했다.

"그는."

약간 오만한 구석이 많은 태막이 입을 열었다.

오만하나 그 실력 하나만큼은 인정받는 기재였다.

그도 그럴 것이 백마교의 가장 강하다고 하는 혼멸조(魂滅爪)를 수련한 천재였다.

혼멸조는 단순한 조법이 아니라 조법 하나에 무학의 묘리를 담았다고 알려진 상승무학이었다.

"나로 하여금 용린조(龍鱗爪)를 꺼내고 싶게 한 자요. 어이가 없군. 그런 자를 이런 곳에서 만나다니. 또 그런 자가 일개 호위라니. 가 형은 어떻게 생각하시오?"

다른 이들은 안중에도 없다는 듯한 언사였으니 다른 이들은 개의치 않았다.

백마교의 소교주다 보니 태막은 이들 중 묵혈교의 소교주 가유역을 가장 신경 썼다.

태막은 그를 경쟁자로 생각하고 있었다.

가유역이 묵혈교의 비전절기 휘명권(輝冥拳)을 완성했다는 소리를 듣고 호승심을 느끼고 있었다.

알려진 비사는 아니지만, 오래전 태막의 아비 태영척이 가유역의 아비 가율에게 패한 적이 있었다.

그 사실 때문에 태막은 휘명권에 대한 복수심 같은 것이 있었다.

가유역을 이겨 혼멸조가 우위에 있음을 증명하고 싶었다.

휘명권은 소림의 백보신권과 비견되는 마도의 강기권법이었다.

찬란한 빛이 일면 가슴이 함몰되어 죽는 권법으로 유명해서 휘명권은 유명권(幽明拳)으로 불리기도 했다.

가유역은 피식 웃었다.

"우리가 일개 호위에 이렇게 긴장해서야 되겠소? 그래도 이마이교의 후계자 체면이 있지."

가유역은 자신의 경쟁자들이 일개 호위에 관심을 보이는 것이 유쾌하지 않았다.

물론 자신도 백마교 합비 지부에서 범빙의 호위를 처음 봤을 때 알 수 없는 투쟁심을 느꼈지만 그것까지는 참을 만했다.

그런데 다른 이들이 그를 중시하는 듯한 느낌은 불쾌한 기분까지 들게 했다.

관심을 받을 이는 호위가 아니라 자신이어야 하기 때문이었다.

하지만 다른 이들은 이런 반응을 보이는 가유역이 자신들보다 더 범빙의 호위에 신경 쓴다는 것을 알 수 있었다.

평소에 제법 여유 부리는 것을 미덕으로 삼는 가유역이 여유가 없어 보여서다.

그를 칭찬하면 진짜 그가 대단한 사람으로 보일까 염려하는 느낌이 얼굴 가득 쓰여 있었다.

그런 그들을 바라보며 묘진홍은 피식 웃었다.

'하여간 마도 새끼들은 자기가 최고인지 안다니까.'

묘진홍은 그들이 반설옹을 칭찬할 때마다 마치 자신이 칭찬을 듣는 것 같은 기분이 들었다.

"넌 뭐가 그리 좋아 실실거리며 웃니?"

침해월이 묻자 묘진홍은 정색을 하며 대꾸했다.

"내가? 언제?"

묘진홍은 침해월이 이상한 눈빛으로 쳐다보자 뜨끔한 표정으로 정색했다.

"자, 비무대로 갑시다. 오늘 누가 우승자가 될지 정말 궁금하군요."

이번 안휘 삼천무 개최자인 묵혈교의 소교주 가유역이 나서며 말했다.

이마이교의 후기지수들은 자리를 털고 일어나 비무대로 향했다.

제 5 장
NEO ORIENTAL FANTASY STORY
삼천무(三天武)의 변고

내가 예상한 대로 비무는 이마이교의 후계자들로 압축되었다.

초반에 등장한 마도의 후기지수들은 육문비, 가유역, 태막, 초량등에게 패하고 탈락했다.

사실 그 네 사람에 비해 다른 이들의 무위는 그렇게 두드러지지 않아 참관석에 있는 장로들은 하품까지 했다.

그러나 후계자들 외에 출중한 실력을 자랑한 자가 있는데 그들은 내가 아는 자들이었다.

낙화유수검 악우명, 서룡의 손자 서곤, 침해월이었다.

이 세 사람은 후계자들과 비견되는 무위를 뽐냈다.

"다음 대진은 낙화유수검 악우명과 소신도 초량이네."

묘진홍이 침해월을 보며 말했다.

묘진홍의 비무는 나중으로 미뤄져 이 두 사람이 마치고 나면 대진이 잡혀 있었다.

모두 한 번씩 비무를 하였지만 아직 묘진홍은 일전도 치르지 못하고 있었다.

"악 공자가 아무래도 초량을 이기기는 힘들겠지?"

대답하지 않는 침해월을 향해 묘진홍이 다시 입을 열었다.

"악공자가 이기겠다는 의지만 강하다면 초량을 이기지 못할 것도 없어. 악공자의 검법도 이미 경지를 이뤘으니까."

침해월은 조용히 악우명의 승리를 기원하듯 말했다.

"그건 그래."

묘진홍은 대꾸를 하면서도 악우명이 초량에게 승리하는 것은 어렵다는 것은 알고 있었다.

비무로 통해 본 초량은 압도적인 실력을 자랑하고 있었다.

한 자루의 도에서 뿜어지는 도세에 묵혈교에서 자랑하는 기재 묵혈교 내총관 체공(諦供)의 아들 체제열(諦齊列)을 몰아붙여 체제열이 스스로 손을 들게 하였다.

체제열이라면 네 명의 마도 후계자들과 싸움이 될 것이라는 예상을 여지없이 깬 것이다.

그만큼 초량의 무위가 예상을 뛰어넘었다.

하지만 악우명도 초량과 함께 온 태상호법 왕견(王見)의 손자 왕치우(王治宇)를 십여 초 만에 패퇴시켜 실력을 과시했다.

그래서 이마이교의 장로들은 악우명과 초량의 비무에 큰 기대를 하고 있었다.

아주 재밌는 비무가 될 것으로 생각한 것이다.

두 사람의 비무는 점심을 먹고 시작하는 것으로 결정되었다.

아침부터 비무가 시작되었으니 요기를 한 다음 재개하기로 했다.

마도의 후기지수들은 점심 후 시작될 비무에 관심이 쏠려 누가 승리할 것인지 저마다 예상하느라 바빴다.

나와 범빙은 비무중 약간의 상처를 입은 자들을 치료하고 묵혈교에서 마련한 객당으로 향했다.

그곳에 식사를 할 수 있도록 연회석을 마련해 놓았다.

우리는 그곳을 가던 중에 서룡을 만났다.

우리가 가는 길목에 서룡이 서 있었으니 서룡이 우릴 기다렸다고 말하는 것이 옳았다.

"잠시 노부와 이야기를 할까?"

서룡은 긴 곰방대를 빨며 말했다.

좀처럼 곰방대를 손에 놓지 않는 위인이었다.

나나 범빙은 그의 말을 거절하지 못하고 객청에 들어갔다.

"노부가 두 사람을 부른 것은 다름이 아니라 상교라는 아이가 두 사람에게 별로 좋지 않은 감정을 가진 것 같아 주의를 시키고자 함이네. 노부가 들은 정보에 의하면 그 아이가 합비에서 부맹주의 전단(戰團)과 접촉했다는구만. 생각해 보게. 부맹주의 전단이 이 합비에 왜 왔겠나? 상교라는 아이는 굳이 왜 삼천무에 참가했겠느냐 말이네."

흑사문에서 볼 때와는 달리 서륭은 우리 두 사람을 걱정하는 표정으로 말했다.

물론 나는 그것이 그의 연기라는 것을 알고 있기 때문에 감동 따위는 하지 않았다.

이런 말을 우리에게 흘리는 것도 우리와 상교가 서로 상잔하길 바라서일지도 모를 일이었다.

서륭이 우릴 걱정해서 이런 말을 한다고 믿어지지 않았다.

나는 서륭의 저의가 의심스러웠다.

"걱정해주셔서 감사합니다."

범빙은 그런 것은 모르는지 감사의 말을 전했다.

그런 범빙을 눈을 가느다랗게 뜨고 지켜보던 서륭이 곰방대에서 연초를 빨아 뿜어내었다.

나는 그때 연초에서 독특한 향을 맡을 수 있었다.

'이건?'

흑사문에서 서륭은 일견했을 때는 곰방대의 연초가 모두 타버린 후여서 맡지 못한 향이었다.

그런데 지금은 주변공기를 꽉 채운 연초향을 느낄 수 있었다.

"장로님, 이 연초는 혹 종가장의 것입니까?"

서륭은 내 말에 살짝 놀라는 표정이었다.

"오! 반 호위가 종가장의 연초를 아는가? 연초를 태우는 건가?"

"아닙니다. 오래전에 아는 분이 종가장의 연초를 태워 알고 있습니다."

"그런가? 대륙 제일의 연초는 종가장의 것이지."

종가장은 우리 가문으로 대대로 연초를 생산해낸 가문이었다.

우리 가문의 연초가 유명한 것은 연초에 박하(薄荷)잎을 섞어 알싸한 향을 가미했기 때문이었다.

그 때문에 종가장의 연초는 고가에 거래되었다.

하지만 무력이 부족하다 보니 시장을 넓히지 못하고 항상 제자리에 머물렀다.

그래서 이십 년 전부터 조금씩 무인들을 모으고 가문의 사람들이 무공을 익히기 시작했다.

내가 구천맹의 혈첩으로 들어가게 된 계기도 구천맹에
끈을 만들어 놓기 위한 것인데 전혀 쓸데없는 끈이 되어
버렸다.

의외의 사람에게 가문의 연초 향을 맡고 이야기를 하니
야릇한 감정이 들었다.

"그런데 이젠 종가장의 연초도 못 피우게 되었네. 노부
는 그것이 가장 안타까우이. 말년을 사는 재미 하나가 없
어졌네."

서륭이 정말 안타깝다는 눈빛으로 말했다.

내가 그 이유를 물으려고 할 때였다.

서곤이 갑자기 나타나 말했다.

"할아버지 식사하시죠?"

"그래."

서곤이 나를 노려보듯 쳐다보고는 서륭을 데리고 객청
으로 들어갔다.

나는 서륭이 우리 가문의 연초를 더는 피우지 못하는 이
유를 듣지 못해 아쉬웠다.

'연초를 끊으려고 하는 건가?'

그렇지 않으면 그렇게 안타까운 눈빛을 할 이유가 없었다.

"우리를 반겨주는 사람이 없는 것 같네요."

여을은 서곤이 살기 어린 눈으로 노려본 것을 두고 말했
다.

"어떤 면에서는 우린 이들에게 이방인이지. 그래서 그런 거야. 우리도 밥 먹으러 갑시다."

나는 일부러 쾌활한 목소리로 말하며 앞장서서 걸었다.

가장 긴장한 얼굴로 비무대를 쳐다보는 이는 역시 침해월이었다.

사모하는 이가 가장 강할지도 모른다는 이와 겨루고 있으니 편하게 관전하기 힘들 것이다.

하지만 겉보기에는 여전히 냉정해 보이는 얼굴이었다.

그것이 더욱 침해월을 가련하게 보이게 했다.

'감추는 것이 익숙한 여인이군.'

자신의 감정을 드러내지 않으려고 애쓰는 것 같아 안타까웠다.

두웅!

북소리가 울리자 낙화유수검 악우명과 소신도 초량이 비무대로 올랐다.

나도 자못 기대되는 대결이었다.

나는 이번 비무의 승패를 모두 맞혔다.

혈류와 기류를 보는 것만으로도 충분히 대전자들의 상태를 파악할 수 있기 때문이었다.

항상 패하기 직전의 비무자의 혈기류는 불규칙하고 일정하지 않았다.

기력과 체력이 고갈되면 바로 혈류와 기류에 이상이 생겼다.

그것만으로 나는 모든 비무의 승패를 맞추었다.

심지어 혈류와 기류를 파악하는 기술이 늘어나면서 암기를 던질 것인지 베기 초식으로 진행할 것인지 찌르기로 전환되는 초식인지도 구분할 수 있었다.

그것은 대단한 큰 성과였다.

예전에는 혈류와 기류를 구분해서 느꼈는데 이제 두 가지를 동시에 느낄 수 있게 되자 초식의 전개까지 예상할 수 있었다.

가령 암기를 던지는 수법은 혈기류가 손목과 손가락에 왕성하게 형성되었다.

또한, 베기 초식은 어깨를 움직여야 해서 어깨와 손목 부분의 혈기류가 왕성해지고 찌르기 초식은 도검을 앞으로 내지르다 보니 팔꿈치에 혈기류가 뭉쳤다.

초식의 다양함을 파악하면서 혈기류를 느끼는 것은 내게 큰 도움이 되었다.

상대의 혈기류를 보고 초식의 전개 방향을 예상할 수 있다는 것은 상대의 생각을 읽는 것과 다를 바 없었다.

나는 마체역근경을 운용하며 두 사람의 혈기류를 파악했다.

'과연.'

나는 소신도 초량의 혈기류가 몸 전체에 왕성하게 흐르는 것을 보고 그가 엄청난 기연을 얻었다고 생각했다.

혈기류를 보니 초량이 이갑자에 달하는 공력을 가지고 있다는 것을 알 수 있었다.

그런데 드러내는 기세는 일갑자이니 상대를 방심시키고자 일부러 기세를 감추고 있었다.

철흑맹이 엄청난 노력을 기울여 소신도를 양성한 것이 틀림없었다.

낙화유수검 악우명은 일갑자의 공력을 지닌 것으로 파악되는데 워낙에 초식이 정묘해서 초량이 쉽게 제압하지 못했다.

'그렇지만 초량도 현재 본신의 실력을 모두 끄집어내지 않는구나. 아무래도 우승까지 하려면 실력을 감춰야 하겠지.'

일각 정도 흐르자 낙화유수검 악우명과 소신도 초량의 움직임이 조금씩 빨라졌다.

서서히 비무의 승패를 결정할 때가 온 것이다.

초량의 도가 도기를 담고 악우명의 검초보다 더 빠르게 파고들자 악우명은 뒤로 연신 물러났다.

도가 검보다 더 빠르다면 이미 그것은 승패가 판가름난 것이나 다름없었다.

낙화유수검은 마지막 승부처가 된 것을 깨닫고 초량을 향해 달려들었다.

무력하게 패하느니 마지막 승부를 펼쳐 보이고 싶어하는 모습이었다.

그때 나는 초량의 혈기류가 변화하는 것을 보고 중얼거렸다.

"위험해."

내 작은 중얼거림을 들은 침해월이 민감하게 반응했다.

"뭐가요?"

나는 무심코 그 말에 대응했다.

"초량은 저대로 끝낼 생각이 없어요."

초량이 조용히 끝낼 생각이라면 혈기류가 지금처럼 일정해야 했다.

그런데 오히려 혈기류가 증폭되고 있으니 무슨 사달이 날 것 같았다.

비무를 조용히 끝낼 사람이 갑자기 공력을 급격하게 끌어 올릴 필요가 없다고 생각한 것이다.

나는 초량의 혈기류를 유심히 살펴보다 말고 벌떡 일어났다.

혈기류를 느끼는데 너무 심취하다 보니 나도 모르게 일어나며 중얼거렸다.

"안 돼! 팔을 자르려고 하다니!"

두 사람이 격돌하기도 전인데 내가 그런 말을 하니 침해월이나 묘진홍은 어이없다는 표정으로 나를 쳐다보았다.

그런데 두 사람이 교차하고 나서 초량이 고개를 돌려 참관석에 있는 나를 응시했다.

그 눈빛은 서늘하기 그지없었다.

'내 말을 들었구나. 그 와중에 내 말을 듣다니. 대단한 놈이군.'

나는 속으로 생각하는데 침해월의 비명이 터져 나왔다.

"아!"

낙화유수검의 우수가 비무대 바닥에 떨어지며 피가 분수처럼 뿜어져 나왔다.

악우명은 그 사실이 믿기지 않는지 점혈할 생각 없이 멍청히 서 있었다.

그러자 참관하던 가유역과 침해월이 비무대로 날아가 빠르게 점혈시켰다.

그리고 가유역이 어찌 해보기도 전에 침해월이 악우명을 안고 범빙에게 날아갔다.

나는 가유역의 혈기류를 보고 기이함을 느꼈다.

그리고 주변 마도의 후기지수들의 혈기류를 살폈다.

모두 놀라서 혈기류가 머리 쪽으로 솟구치고 있었다.

표현하지 않았지만, 이 상황에 모두 놀란 것이다.

그런데 유난히 가유역의 혈기류는 차분했다.

'마치 그는 이런 상황이 될 것을 알고 있었다는 뜻인데.'

그 생각을 하다가 나는 가유역과 초량의 시선이 찰나 간
에 스쳐 지나는 것을 보며 깨달았다.

'아, 가유역이 초량에게 악우명의 팔을 잘라달라 주문
했구나!'

가유역은 침해월을 좋아하는데 침해월은 악우명을 사모
하니 그를 제거하려 한 것이다.

'그런데 고작 그런 이유로 동문의 친구를 저 지경으로
만들 수 있을까?'

나는 피식 웃었다.

잠시 잊고 있었는데 이들은 정의를 숭상하는 백도무림
의 후기지수들이 아니었다.

마도의 후계자들이라면 이런 정도의 흉계는 일도 아니
었다.

자신이 원하는 것이 있다면 수단과 방법을 가리지 않
고 취하는 것이 마도의 습성이라는 것을 잠시 잊고 있었
다.

이 사태로 장내의 분위기는 싸늘하게 식었다.

그리고 나는 묵혈교 쪽 참관 장로들이 문제 삼을 줄 알
았지만, 그들은 조용히 지켜보고만 있었다.

'이미 그들도 가유역이 언질을 주었는가 보구나.'

낙화유수검 악우명의 팔이 잘린 것에 가장 분노하는 이
는 침해월과 묘진홍이었다.

범빙은 팔이 잘린 악무영을 치료하는데 몰두하고 있었다.

악우명은 눈을 감고 있었다.

하지만 그의 혈기류를 감지한 나는 그가 분노를 감내하고 있다는 것을 알았다.

하지만 자신이 어찌지 못하는 현실임을 알고는 포기하고 있었다.

머리 쪽에 혈류가 빠르게 흐르는 것을 보면 엄청난 분노를 느끼고 있는데 참고 있었다.

악우명이 치료받고 있는 곳으로 초량이 다가왔다.

사람들은 그가 악우명에게 사과라도 할 것이라 기대하는 눈빛이었다.

"비무를 하다 보면 이런 일도 왕왕 있는 법이지. 악 공자도 알다시피 삼천무는 비무하다 죽어도 아무 문제가 없다는 것을 알고 있을 것이오. 악의가 없었으니 이해하시오."

사과도 아니고 네가 이해하라고 말하는 초량이 어이가 없는지 기어코 침해월이 말했다.

"초 공자, 나를 만나게 되면 조심하세요. 이번 삼천무에서 죽어나가는 사람이 생길 테니까."

냉기가 풀풀 풍기는 침해월의 말에 초량이 생긋 웃었다.

"기대하겠소. 일찍이 나는 팔괘백학검을 견식해 보고 싶었지요. 하지만 나는 여인이라 해서 손속에 사정을 두지 않는 냉혈한임을 아셔야 하오. 저 꼴이 되지 않는다고 보장할 수 없소이다."

침해월은 화사하게 웃었다.

하지만 나는 그 미소가 사악하게 느껴졌다.

침해월은 진심으로 마성을 폭발시키고 있었다.

나는 이상하게 그게 또 기대되었다. 침해월이 참았던 마성을 폭발하면 어떻게 변할지.

"그런데 본 공자를 비무대에서 만날 수 있을까? 가 형부터 이겨야 할 텐데."

침해월의 다음 비무 상대자가 가유역이었다.

그를 이겨야만 초량과 겨룰 수 있었다.

초량은 문득 말을 던졌다.

"어떻게 알았지?"

그 물음이 누구에게 묻는 것인지 몰라 모두 초량을 쳐다보았다.

하지만 초량의 눈길이 내게 닿아 있는 것을 보고 모두 호기심 어린 눈으로 바라보았다.

"뭘 말이오?"

나는 시치미를 떼며 되물었다.

"내가 악우명의 팔을 자르리라는 것을."

"그거야. 잘린 것을 보고 알았지요."

내가 천연덕스럽게 대꾸하자 초량이 씨익 웃었다.

"아니야. 분명 나는 악우명의 팔을 베기도 전에 네가 한 말을 들었어."

격전 중에 내 말을 들을 정도로 여유가 있었다는 말이다.

확실히 초량은 다른 마도 후기지수들과 격이 다른 고수였다.

"그냥 느꼈을 뿐이오."

나는 그의 눈을 직시하며 대꾸했다.

초량이 입술을 구부리며 미소 지었다.

"재밌는 친구군."

그런데 그 말에서 나는 소름이 돋았다.

나를 마치 먹잇감으로 보는 맹수의 눈빛이었다.

"본래 내가 좀 재밌는 편이지요."

내가 유치한 말장난을 하며 대꾸하자 초량이 피식 웃었다.

잠시 초량이 나를 노려보다 돌아섰다.

나는 초량이 이곳에 온 것이 나에게 경고하기 위함임을 그때 알았다.

"조심해야 할 거다. 네 한 푼 어치의 패기가 관을 불러올 것이다."

나는 중얼거렸다.

"관에 들어가는 사람이 누구인지는 죽어봐야 아는 것이지."

내 중얼거림을 들었는지 걸어가던 초량이 우뚝 멈춰 섰다.

그는 돌아서지 않고 중얼거렸다.

"역시 재밌어."

그 말을 남기고 그는 자기 자리로 돌아갔다.

나는 초량이 얼마나 분노하고 있는지 알고 있었다.

'제법이군. 내가 도발해도 참는 것을 보면 대단한 수양을 쌓았어.'

나는 초량을 직접 접해보고 나서 이번 비무는 초량과 육문비의 이강전으로 좁혀질 것이라 내다봤다.

백마교의 소교주 태막이나 묵혈교의 가유역은 그 두 사람에 비해 약간의 손색이 있었다.

그것은 가까이 접해보고 나서 혈기류를 느낀 나의 감상이었다.

댕그랑!

그때 무언가 내가 앉은 탁자 위에 떨어졌다.

패가 원을 그리며 가파르게 몸을 떨다 멈췄다.

나는 패를 던진 사람을 쳐다보았다.

"네가 나가."

묘진홍은 얼굴이 발갛게 상기되어 있었다.

"뭘?"

"그거 삼천무 비무 참가 패야. 네가 나 대신 나가."

"왜?"

"나가서 다 죽여버려. 개새끼들. 해월이의 순정을 짓밟아 버린 새끼들을 가만둘 수 없어!"

묘진홍의 눈에서 불꽃이 일었다. 진심으로 분노하고 있었다.

묘진홍은 친구 침해월이 지금 얼마나 슬퍼하는지 알고 있었다.

그래서 그 복수심을 주체하지 못하고 있었다.

"내가 나가봐야 태막이나 가유역도 이기지 못해. 하지만 너라면 그놈들 모두 때려잡을 수 있어."

"그걸 어떻게 장담해?"

"내가 장담해."

"내가 저들을 이길 수 있을 것으로 생각하는 거야?"

나는 정말 묘진홍이 그렇게 생각하는지 궁금했다.

"난 믿어. 다른 것은 몰라도 내 안목은 믿어. 내 몸과 영혼을 걸어도 좋아."

내가 패를 바라보자 묘진홍이 말했다.

"우승해서 상품도 네가 가져. 저 새끼들에게 우승 상품이 돌아가는 것을 도저히 못 보겠어. 대신 환약 반은 악 공자에게 줬으면 좋겠어. 그게 있으면 그는 금방 회복할 수 있으니까."

거의 묘진홍이 우격다짐으로 하는 말이었다.

"내가 왜 삼천무에 나가야 하지? 난 범 소저의 호위야."

"나가서 저 새끼들 때려잡으면 네가 원하는 것은 무엇이든 하나는 들어주마."

묘진홍이 진지한 얼굴로 말을 하니 무서웠다.

'이래서 여자들의 한은 무서워.'

복수심만큼은 남자보다 강한 것이 여인들이었다.

"저 또한 반 호위가 원하는 것은 무엇이든 들어드리겠습니다. 제 목숨이라도."

침해월이 다가오며 말했다.

사실 난 침해월이 그렇게 말할 것이라 생각하지 못해 당황했다.

냉정하고 침착하기 짝이 없는 침해월이 이렇게 분노하고 흥분한 것은 처음 보았다.

하긴 오랫동안 사모한 이가 폐인이 된 꼴을 봤으니 용서하지 못할 것이다.

침해월이 말했다.

"어쩌면 이번이 기회일지도 모를 일입니다. 반 호위가 세상에 알리는 첫 번째 기회이지요. 여기서 명성을 얻게 되면 세상은 반 호위를 다르게 볼 것입니다."

나는 침해월의 말을 듣고 등골이 오싹했다.

무림에 엄청난 반향을 일으킬 것이 틀림없었다.

하지만 그것을 방지하기 위해서 내가 패하면 저들은 악우명에게 했던 것과 마찬가지로 내 팔을 자르려고 할지도 몰랐다.

악우명은 한쪽 팔이지만 나는 사지를 자르려고 할 것이다.

그러고도 남을 놈들이었다.

나 같은 일개 호위가 삼천무에 도전했으니 그 존엄성을 지키기 위해서라도 그럴 것이다.

그래서 나는 신중했다.

만약 예전의 나였다면 언감생심 삼천무에 참가할 생각을 하지도 않았을 것이다.

그러나 지금은 두려움도 없었다.

오히려 저들과 한바탕 어울려 싸우고 싶은 욕구가 더 강했다.

그것은 나에게 있어 엄청난 변화였다.

확실히 혈영체를 얻고 나서 내 가치관도 변하고 있다는 것을 깨달았다.

벌써 이런 제안을 거절했어야 했는데 고민하는 것도 그랬다.

나는 패를 들었다.

"내가 끼어들 이유가 없어. 안 해."

땡그랑!

나는 쥐었던 패를 도로 던졌다.

실망하는 두 여인을 뒤로하고 나는 범빙에게 다가갔다.

제 6 장
NEO ORIENTAL FANTASY STORY
서서히 변하다

서서히 변하다

"해월이가 잘못되면 네 탓인 줄 알아!"

묘진홍은 침해월이 비무대로 올라가는 모습을 보며 앙칼지게 말했다.

내가 대답을 하지 않자 범빙이 물었다.

"그건 무슨 말이야?"

그러자 묘진홍은 울컥하는 얼굴로 말을 쏟아냈다.

"저 자식보고 나 대신 비무를 하라고 했거든. 이 참가 패만 있으면 대신 비무를 할 수 있어. 그래야 저 개 같은 초량 새끼를 짓밟아 놓을 수 있거든. 그런데 저 겁쟁이가 거절했어. 어쩔 수 없이 해월이는 자신이 복수하기 위해 지 몸 돌보지 않고 덤벼들건 뻔하잖아. 해월이가 어떤 아인지 너도 잘 알지?"

범빙은 그 말을 심각하게 듣고 있었다. 그 누구보다 침해월의 성격을 잘 알기 때문이었다.

"그런데 반 호위가 저렇게 강한 사람들을 이길 수 있어?"

"이길 뿐이야? 네 호위는 대단히 강한 놈이라고. 그 실력으로 네 호위로 붙어 있으니 한참 모자란 놈이라고. 하긴 네 은혜를 갚기 위해 기꺼이 하인까지 된 놈인데 오죽 답답한 놈일까."

묘진홍은 연신 투덜거렸다.

"해월이가 가유역을 이기고 올라간다고 해도 초량을 어떻게 이겨? 그놈은 이미 해월이를 훌쩍 뛰어넘었어. 해월이가 초량과 싸우면 낙화유수검 꼴이 될지 누가 알아."

범빙은 묘진홍의 말만 믿고 불안한 얼굴로 내 얼굴을 쳐다보았다.

그러나 말거나 나는 비무대에 오른 침해월을 유심히 살폈다.

그녀의 검이 왼쪽 허리에 가 있었다.

'좌수검은 승부수로 남겨 놓으려고 하는구나.'

아직 다른 이들은 침해월이 좌수검을 익힌 것을 모르니 그것은 승부처에서 승패를 가름할 수 있는 절초가 될 수 있었다.

가유역은 비무대로 올라오는 침해월을 보며 흐뭇한 미
소를 지었다.

'지금까지 일이 잘 진행되고 있군.'

오래전부터 가지고 싶었던 여인이었다.

그래서 이번 기회에 계략을 짜서 자신의 여인으로 만들
심산이었다.

그 계략이 비열하기 짝이 없지만 그건 상관하지 않았
다.

자신과 초량만 아는 계략이니 비열하다고 손가락질할
사람은 없었다.

가유역은 침해월이 악우명을 사모하는 것을 알고 있었
고 그래서 먼저 악우명을 제거하기로 계획을 세웠다.

아무리 맹 내에서 몰락한 가문의 후계자라 하나 그래도
마도의 후기지수 중 한 명이었다.

함부로 자신이 제거하면 여파가 커질 수 있어 이번 안휘
삼천무를 이용하여 그를 폐인으로 만들 계획을 세웠다.

우선 초량에게 악우명을 폐인으로 만들어 준다면 오래
전부터 원하던 것을 주겠다는 약속을 했다.

초량은 확실히 예전보다 더 강한 모습으로 악우명을 압
도하며 팔을 잘라내었다.

생각 같아서는 아예 단전을 파괴했으면 했지만, 단전 파괴보다 오른팔을 자른 것이 무인에게는 더 큰 충격을 줄 터였다.

무인에게 오른팔이 없다는 것은 죽음과 같았다.

검을 잡을 수도 없을뿐더러 정상적인 생활을 할 수 없기 때문이었다.

'그 부분에는 초량이 확실히 내 부탁을 들어주었지.'

그다음 계획은 간단했다.

자신이 침해월을 이기고 나서 자신의 우위를 보여준 후 악우명의 복수를 위해 초량과 혈투를 벌이는 모습을 보여주는 것이었다.

그렇게 되면 자신에게도 관심을 보여줄 것이고 그때부터 서서히 침해월에게 다가갈 속셈이었다.

침해월이 좋아하는 상대를 아예 병신으로 만들고 그다음 침해월을 위해 복수까지 해준다는 이야기는 충분히 그녀를 설득할 수 있는 이야기가 된다고 여겼다.

사실 개인적인 복수도 겸해서 악우명의 팔을 잘랐으니 완벽한 이야기 전개라 할 수 있었다.

그리고 침해월과 대전상대로 잡힌 것은 다 이유가 있었다.

침해월이 낙화유수검 악우명에게 관심을 가지기 시작한 것은 오래전 그와 비무를 해서 패한 후였다.

침해월은 강한 남자를 좋아했기 때문에 충분히 그럴 수 있었다.

그녀는 자신을 꺾을 자신이 없으면 관심조차 두지 말라고 공언할 정도였다.

그 때문에 많은 마도의 명문가 자제들이 감히 침해월에게 청혼을 하지 못했다.

청혼하려면 비무로 자신을 이겨야 하는 것까지는 좋은데 비무가 생사결이 되어 버려 아무리 배짱이 좋은 후기지수도 함부로 청혼하지 못했다.

그러다 당한 마도의 명문자제들이 한둘이 아니었다.

그래서 가유역은 먼저 침해월을 꺾으면 자신에게도 관심을 보일 것으로 생각한 것이다.

"악 사제가 저리된 것은 정말 안타깝습니다. 내가 반드시 초량에게 복수를 해 줄 겁니다. 악 사제는 나에게 막역지우나 마찬가지였습니다."

가유역이 말을 하자 침해월이 냉랭하게 말했다.

"전력을 기울이세요. 이 비무에서 이기는 사람은 저 일 테니까요. 그리고 복수는 제가 합니다."

자존심을 건드리는 말이지만 가유역은 그런 침해월이 좋았다.

지금까지 누구도 소교주인 자신에게 저리 당돌하게 말을 한 적이 없었다.

가유역은 호응했다.

"좋습니다. 그럼 이 비무에서 이기는 사람이 초량에게 복수하는 것으로 합시다. 동의합니까?"

어떡하든 침해월과 감정을 공유하고자 노력했다.

침해월은 아무런 대꾸하지 않고 검을 뽑아 자세를 취했다.

가유역은 침해월이 또래의 여인 중에 가장 강하다고 해도 묵혈교의 휘명권을 익힌 자신에게 상대되지 않는다고 믿었다.

적당히 놀다가 자신의 역량을 충분히 선보여 침해월의 호감을 살 생각이었다.

"먼저 오시죠."

침해월은 그 말에 답했다.

"배려 감사합니다."

침해월은 가유역이 선공을 양보하자 거절하지 않았다.

그리고 가유역은 십여 초가 지나기도 전에 괜히 선공을 양보했다는 자책이 들었다.

전혀 반격할 틈을 찾지 못하고 있었다.

휘명권으로 침해월에게 경천동지의 무위를 선보일 여유를 주지 않았다.

침해월의 팔괘백학검의 공세에서 벗어날 수 없었다.

그래서 시간이 갈수록 가유역의 얼굴은 붉어졌다.

그렇게 거의 비무대 끝에 도달할 때까지 몰릴 때 가유역은 침해월의 초식에서 중간마다 맥이 끊어지는 것을 깨달았다.

이유가 있었다.

침해월은 가유역이 어려운 상대 다 보니 초반부터 전 공력을 끌어내 공격한 것이다.

그렇지 않으면 가유역을 이길 수 없다는 것을 알고 몰아친 것은 좋은데 가유역이 전력을 기울인 공격을 견뎌낸 것이다.

그러다 진기가 고갈되어가자 흐름이 끊어졌다.

'좌수검은 초량을 상대할 때 사용하고 싶어 가능한 한 꺼내고 싶지 않은데.'

침해월은 가유역을 좌수검으로 상대하지 않으면 안 될 강자임을 다시금 깨달았다.

아무리 수련을 해도 이마이교의 직계 후계자들을 능가하기 어렵다는 사실에 절망했다.

'하지만 이대로 포기할 수 없지. 무조건 이기고 봐야해.'

침해월은 모든 공력을 끌어 올려 팔괘학형(八卦鶴形)을 전개했다.

팔괘학형은 학조인사(鶴爪引蛇)의 연계초식으로 사용하기 위해 펼쳤다.

학조인사가 좌수검을 펼쳤을 때 가장 위력적이기 때문이었다.

네 군데의 방향에서 검기가 뻗어 나오며 가유역을 압박했다.

가유역은 마지막 승부처가 되었음을 느끼고 그동안 아낀 공력을 오른손으로 끌어모았다.

휘명권의 절초 화영암천(花影暗天)이었다.

꽃 무리가 하늘을 가려 어두워진다는 초식으로 백색의 섬광이 발광할 때 상대는 이미 쓰러져 있다고 하는 수법이었다.

꾸릉!

가유역의 주먹을 통해 경력이 분출되고 그것은 일차적으로 섬광을 발했다.

그리고 그 섬광 속에서 기다란 한줄기 경력이 달려드는 침해월을 향해 날아갔다.

나는 두 사람이 격돌하는 순간 똑똑히 볼 수 있었다.

침해월은 느낀 것 같았다.

섬광속에서 경력이 자신의 오른쪽 어깨를 향해 날아오는 것을.

가유역이 상당히 많이 봐준 것이군. 만약 저 경력이 침해월의 머리나 가슴으로 향하면 중상을 면치 못할 것이다. 침해월의 검을 떨어뜨릴 요량으로 오른쪽 어깨로 경력을

날렸어.'

침해월은 그것을 느끼고 얼른 왼손으로 검을 쥐며 피하지 않고 달려들었다.

'확실히 무모한 여자군.'

만약 침해월이 오른쪽 어깨로 날아오는 경력을 피하고자 몸을 비틀거나 좌측으로 움직이면 정확히 가유역의 두 번째 권격 안에 들어가게 된다.

침해월도 그것을 알기 때문에 어깨를 내주고 좌수검으로 학조인사를 펼쳤다.

군더더기 하나 없는 학조인사가 좌수에서 펼쳐지자 두 가닥의 검기가 가유역을 향해 날아갔다.

좌수검을 펼쳐야만 침해월은 검기를 원활하게 발출할 수 있었다.

지금까지 가유역의 방심을 끌어내기 위해 오른손으로 힘겨운 공격을 한 것이었다.

그것은 성공한 계략이었다.

가유역이 침해월의 상태를 봐서 화영암천에서 경력을 한 가닥만 발출하게 만들었으니.

이럴 줄 알았다면 가유역은 자신이 최대한 발출 할 수 있는 세 가닥의 경력을 발출했을 것이다.

학조인사로 펼친 경력은 화영암천의 경력과 충돌하고 다시 한번 섬광을 일으켰다.

그리고 남은 한 가닥의 검기가 가유역의 오른쪽 어깨를 꿰뚫었다.

"큭!"

불에 달군 꼬챙이로 어깨를 쑤시는 것 같은 통증이 온몸을 관통했다.

침해월은 화영암천의 경력을 완전히 해소하지 못했다.

약한 공력으로 일으킨 두 가닥의 학조인사 검기는 화영암천의 경력에 비해 그 힘이 약했다.

화영암천의 경력은 학조인사의 경력을 소멸시키고 역시 침해월의 오른쪽 어깨를 관통했다.

"쓰으."

침해월은 치아가 시려 내뱉는 것 같은 잇소리를 내며 고통을 참아내었다.

침해월은 어깨가 탈골된 것 같은 느낌에 어깨를 쳐다보았다.

다행히 붙어 있었다.

'명불허전이구나. 만약 내가 화영암천의 경력을 반감시키지 않았다면 내 어깨는 떨어져 나갔을지도 모를 일이야.'

지금 생각해 보면 아찔한 순간이었다.

그런 결정을 내린 자신의 무모함에 스스로 놀라고 있었다.

"그만!"

침해월이 검을 고쳐 쥐고 공격하려는 순간 참관석에 있던 묵혈교 장로 한 명이 일어서며 외쳤다.

"두 사람은 모두 물러나라! 이 비무는 승패가 없다!"

침해월은 눈살을 찌푸리며 대꾸했다.

"그게 무슨 말씀입니까? 우린 더 싸울 수 있습니다."

침해월이 외치자 백마교 장로가 말했다.

"침 소저, 이 비무는 생사결이 아닙니다. 지금 그 상태로 싸우다가는 쌍방이 위험해 질 수 있어요."

장로는 타이르듯 말했다.

가유역은 침해월을 이길 수 있었으나 그녀를 이기기 위해서는 지금보다 더 위험한 초식으로 상대해야 할 것이다.

그렇게 되면 정말 둘 중 하나는 죽어나가는 사달이 일어날 수 있었다.

가유역은 침해월이 무슨 마음으로 지독하게 비무에 임하는지 알기 때문에 그녀의 장단에 맞춰줄 수 없었다.

"장로님들 말씀이 옳습니다. 이번 비무는 우리 두 사람이 비긴 것으로 하고 물러나는 것이 좋겠습니다."

가유역마저 그렇게 말을 하자 침해월은 침통한 표정으로 고개를 숙였다.

그렇게 되면 자신이 악우명의 복수를 할 수 없게 되었다.

침해월은 그것이 정말 싫었다.

그렇다고 이 모든 것을 부정하고 거부해서 비무를 한다고 해도 얻을 것은 하나도 없었다.

그러다 침해월은 자신을 빤히 쳐다보고 있는 반설응을 발견했다.

'그래, 저자라면.'

침해월은 반설응을 보고는 결정을 내렸다.

"알겠습니다. 장로님들의 뜻에 따르겠습니다."

참관석에 앉아 있던 장로들은 안도하는 표정이었다.

워낙에 침해월이 어디로 튈지 모르는 성격이라 신경을 곤두세웠던 것이다.

침해월은 비무대를 내려와 내게 똑바로 걸어왔다.

"반 호위, 전 지금 영단이 필요합니다. 반 호위가 우승해서 영단을 주실 수 없습니까? 초량에 대한 복수까지 바라지 않습니다."

침해월은 팔을 잃은 악우명에게 영단이라도 줘서 그 상심을 위로하고 싶은 것이다.

"무인이라면 초량 같은 기재와 겨루고 싶지 않습니까?"

"음."

만약 내가 평범한 무인의 삶을 살았다면 당연히 초량과 겨룰 기회가 있다면 거절하지 않을 것이다.

아니, 그 기회를 잡기 위해 노력했을 것이다.

하지만 그런 삶과 거리가 멀다 보니 무인 특유의 호승심
이 적었다.

하지만 혈영체를 얻고 나서는 나도 육체뿐만 아니라 정
신적으로 변화를 겪고 있었다.

숨기고 드러내지 않는 삶을 살아왔지만 지금은 그럴 필
요 없이 필요하면 내가 가진 투기와 호승심을 드러내도 누
가 뭐라고 할 사람이 없었다.

나는 그것이 이렇게 좋을지 미처 알지 못했다.

그것이 무슨 큰 차이가 있을까 하는 사람도 있을지 모르
지만, 그 두 가지의 차이에는 숨기고 드러내는 것 이상의
의미가 있었다.

"우승하면 반은 내 것입니다."

침해월은 내 말뜻을 알아듣고 고개를 끄덕였다.

영단의 반을 얻어도 악우명에게는 큰 도움이 될 것이었
다.

"좋습니다. 그 패 내가 받겠소!"

나도 침해월이 어깨가 박살 나는 것을 각오하고 비무하
는 모습을 보고 격동되었는지도 모를 일이었다.

아니면 피 냄새를 맡고 혈영체가 발동되었는지도 모를
일이었으나 나는 지금까지 한 번도 부려보지 못한 패기를
부리고 있었다.

내 말에 묘진홍이 얼른 다가와 탁자 위에 내려치듯 패를 내려놓았다.

탁!

"그럴 줄 알았어! 난 진작에 네놈 가슴속에서 들끓는 그 투기를 알고 있었지. 다만 그 기회가 없어 발산하지 못했을 뿐. 지금이라도 네 투기를 마음껏 발산해 봐."

묘진홍은 그래도 나와 지낸 시간이 있다 보니 어느 정도 느끼고 있었나 보다.

혈영체가 가진 그 기이한 열기를.

그것이 누군가에는 투기가 되고, 누군가에게는 패기로 보이는 그것.

나는 마지막으로 범빙을 쳐다보았다.

범빙은 서둘러 침해월의 어깨를 치료하면서 나를 보았다.

그리고 범빙은 잠시 주춤했지만 이내 나를 향해 고개를 끄덕여 보였다.

비무를 허락한 것이다.

나는 범빙이 허락하지 않는다 해도 패를 들고 비무대에 올랐을 것이다.

그런데 범빙까지 허락을 하자 나는 거칠 것이 없었다.

'누구와 싸워도 이길 것 같은 이 투지가 무사혼이라 말하는 것일까?'

그러한 것을 한 번도 느껴보지 못한 나는 기이한 열기와 감정에 몸을 내맡겼다.

묘진홍이 참관석에 가서 말했다.

"제가 가진 참가패를 제 지인에게 넘겼습니다. 그것을 인정하십니까?"

묘진홍이 말을 하자 참관석의 장로 몇몇이 반박을 하려는 순간 서륭이 먼저 말을 꺼냈다.

"인정하네. 애초에 우리가 그 참가패를 만들 때 참가패를 지닌 자가 비무할 수 있다고 규정한 것이니 누가 나서도 문제가 될 것이 없네."

서륭은 자신을 자꾸 자극하는 범빙 호위의 실력을 보고 싶었다.

그리고 정말 상약을 운으로 죽였는지 아니면 실력으로 죽였는지 보고 싶었다.

그것은 자신에게도 매우 중요한 문제였다.

서륭이 그리 말하자 문제 될 것이 없었다.

불만을 느낀 장로들이 있었으나 서륭에게 배분이나 직위에 밀려서 들었던 엉덩이를 도로 내려놓았다.

"죽지나 않으면 다행이겠군."

불만이 있던 장로가 한마디 내뱉었다.

그도 그럴 것이 범빙의 호위가 상대해야 할 자는 백마교의 소교주 태막이기 때문이었다.

침해월은 백마교 소속이라 묵혈교 참가자와 대전했고 묘진홍은 혈웅맹 소속으로 백마교와 대전상대로 짜여 있었다.

여을도 걱정되는지 범빙에게 말했다.

"아가씨, 왜 말리지 않으셨어요? 아가씨가 말렸다면 반 호위님은 비무를 하지 않았을 거예요?"

범빙은 우려 가득한 눈빛으로 말하는 여을을 보며 대꾸했다.

"내가 만류했어도 반 호위는 비무대로 올라갔을 거야. 반 호위가 나를 볼 때의 눈빛은 내가 환자들을 치료하며 본 눈빛 중 하나였어?"

"무슨 눈빛인데요?"

범빙은 대꾸하지 않고 속으로 대답했다.

'죽음을 두려워하지 않은 환자들의 눈빛과 똑같았어. 그런 사람들은 무슨 말을 해도 소용없어. 반 호위의 눈빛이 그런 사람들 눈빛과 같았어. 그러니 어찌 내가 말릴 수 있을까? 내가 제지하면 오히려 더 안 좋을 수 있어. 그래서 허락한 거야.'

범빙은 침해월의 어깨를 치료하며 한숨을 내쉬었다.

"내가 너무했다고 생각해?"

침해월은 친구 범빙의 걱정을 알고 있었다.

"신중한 네가 그런 결정을 내렸으니 나름의 복안이 있

다고 생각해."

"복안은 없어. 난 다만 반 호위를 믿을 뿐이야."

"그가 정말 저들을 물리칠 수 있다고 믿어?"

침해월은 자신의 어깨에 침을 놓는 범빙을 보며 말했다.

"빙아, 너는 환자를 치료할 수 있다고 믿어?"

"난 그런 믿음을 가지고 환자를 치료해. 내가 나를 믿지 못하면 환자가 나를 믿지 못하니까."

"나는 어떤 것에도 확신하지 않는 편이야. 그런데 반 호위를 보면서 저들에게 질 것으로 생각하지 않아. 그런 확신이 들어. 네가 환자를 보면 알 듯, 나도 무인을 보면 어느 정도 알 수 있어."

범빙이 대꾸했다.

"난 그가 다치지 않기를 바랄 뿐이야."

범빙이 힘을 가했는지 상처가 욱신거려 침해월이 심음을 흘렸다.

"윽! 너, 감정이 실린 것 같다?"

"아니 다행이구나."

"미안해."

"내게 미안해할 일이 아니야. 반 호위가 원하잖아."

범빙은 반 호위가 저렇게 당당하고 패기 있는 모습은 처음 보는 것이라 왠지 낯설었다.

나는 비무대로 올라 맞은편에 서 있는 태막을 향해 포권을 취했다.

태막은 담담한 신색으로 인사를 받으며 주먹을 모았다.

그리고 허리춤에 달렸던 네 가닥으로 난 날카로운 갈고리를 손에 끼웠다.

갈고리를 두 손에 끼우자 적수공권으로 서 있을 때는 몰랐는데 엄청난 위압감을 풍겼다.

혼멸조(魂滅爪)는 까다로울 뿐 아니라 기이한 무공이었다.

말하자면 비수 네 개를 각 손에 끼우고 싸우는 것과 같은데 검법과 권법이 혼용된 수법이 주로 사용되었다.

그 때문에 근접전에 엄청난 위력을 발휘하는 것으로 알려졌다.

"이 비무대에 올라온 것을 후회하게 해 주지."

태막은 출신내력이 미천한 자가 자신들과 동등하게 비무를 하는 내가 못마땅한 것 같았다.

내가 똑똑히 들을 수 있도록 말을 하고는 발을 굴렀다.

둥!

가볍게 밟은 디딤에 비무대 바닥 전체가 울렸다.

한 번의 발디딤에 엄청난 힘이 실린 것을 알 수 있었다.

눈 한번 깜빡이는 순간 태막은 내 코앞으로 들이닥쳤다.

혼멸조 같은 무공은 경신술이 빨랐다. 근접전에 특화된

무공의 특징이었다.

뇌룡마검 육문비가 초량의 곁에 앉으며 말했다.

"초 형, 누가 이길 것 같습니까?"

약간은 껄렁한 어조로 묻는 육문비를 보며 초량이 피식 웃었다.

"육 형이 신경 쓰는 상대가 저기에 있습니까?"

"음, 제 신경을 약간 자극하는 자가 있긴 있습니다."

초량은 모른 척 대꾸했다.

"태 형이 혼멸조에 공을 들였다고 하니 이번에 그 화후를 견식 할 수 있겠지요."

동문서답이라 육문비가 재차 물었다.

"누가 이길 것 같습니까?"

초량은 여전히 대답하지 않고 엉뚱한 질문을 던졌다.

"육 형, 혹시 내가 악우명과 비무할 때 내가 팔을 자를 것이라 예상했소?"

그 말에 육문비가 대답했다.

"내가 초 형의 뱃속에 들어가지도 않았는데 어찌 알 수 있었겠소. 사실 나도 그때 깜짝 놀랐다오. 그런데 의도했던 것이오?"

육문비 같은 자는 자신이 아는 것이 있다면 감출 위인은 못되었다.

혼자만 아는 것이라면 그것을 드러내 자랑하는 성품이었다.

'그때 내 의도와 초식을 미리 간파한 이는 저놈뿐이었구나!'

그 생각을 하고 다시 물었다.

"육 형은 태 형과 비교하면 누가 더 우위에 있다고 여기시오?"

육문비는 자긍심이 누구보다 강한 자였다.

하나 마나 한 질문을 던진 것이다.

"태 형의 혼멸조가 아무리 대단하다 해도 나에게 비하면 손색이 있지 않겠소? 삼천무에서 내 유일한 상대는 초 형으로 여기는데."

초량은 대꾸하지 않고 빙긋 웃었다. 그러자 기분이 상한 육문비가 서늘한 눈빛으로 초량을 쳐다보았다.

"육 형은 아무래도 고맹을 먼저 이기고 그 말을 해야 할 것이오."

"흥. 고맹 따위야."

콧방귀를 뀌던 육문비는 비무대에서 벌어지는 예상치 못한 사태에 벌떡 일어섰다.

제 7 장
NEO ORIENTAL FANTASY STORY
힘을 드러내다

제 7 장
힘을 드러 내다

날카로운 갈고리가 허공을 휘저을 때면 마치 공간이 갈기갈기 찢기는 환상을 보는 것 같았다.

내게 그 갈고리의 궤적이 보인다는 것이 문제라면 문제였다.

혈류와 기류를 느끼는 것까지는 좋은데 잔영을 남기며 섬전처럼 그어대는 혼멸조의 기이한 초식에도 나는 그 어떤 혼란도 일지 않았다.

그 느낌은 내 몸 전체가 눈동자가 되어 상대의 움직임을 모두 파악하고 있다는 느낌이 들었다.

사실 이렇게 빠른 공격은 혈기류를 파악한다고 해도 피하는데 무리가 있었다.

공격이 빠르니 혈기류를 파악한다고 해도 예측할 수 없기 때문이었다.

그런데 혈기류를 파악해서 연계초식을 예측할 수 없자 몸은 저절로 반응하고 있었다.

혈기류를 느끼는 것이 아니라 상대의 움직임을 아예 잘게 나눠 보여주고 있었다.

'이건 공력이나 내 안법의 능력이 아니야.'

내 안력이 혈첩 수련으로 다른 무인들보다 좋다고는 해도 이 정도는 아니었다.

상대의 움직임을 느리게 보이게 만드는 능력을 배운 적은 없었다.

"피하는 것만 배운 모양이지?"

순간 이죽거리는 소리에 나는 정신이 들었다.

갈고리의 궤적만 신경 쓰느라 그 갈고리의 주인을 잠시 잊고 있었다.

태막은 뭔가 분한 듯한 표정으로 나를 노려보고 서 있었다.

내 옷자락 하나 건드릴 수 없었으니 자존심이 상한 모습이었다.

"잠시 혼멸조의 위력을 감상했을 뿐이오. 힘들지 않으면 계속해 보시오."

나는 태막을 도발했다. 의도했다기보다 저절로 내 입이

주절거린 것이다.

"건방진!"

태막은 공력을 끌어올려 갈고리에 진기를 불어넣었다.

그러자 갈고리가 벌겋게 달아올랐다.

갈고리에 스치기라도 하면 살점이 떨어져 나갈 것 같았다.

"내 자존심을 건드렸으니 네놈의 목숨으로 갚아라!"

태막이 으르렁거리듯 말하자 내 입은 묘진홍이 늘 하던 말이 튀어나왔다.

"지랄!"

투웅!

내 말과 동시에 태막은 나를 향해 들이닥쳤다.

허공을 찢어발기며.

갈고리에서 뿜어져 나온 경력이 거미줄처럼 사방으로 뻗어 나와 나를 덮쳤다.

그 촘촘한 경력의 그물에서 나는 허술한 구멍을 보았다.

나는 그 속으로 손을 쑤욱 내밀었다.

그리고 내 손에는 구중이 들려 있었다.

퍼억!

구중에 적중 당한 태막은 주르륵 밀려 나가며 어이없다는 듯한 실소를 흘렸다.

"ㅎㅎㅎㅎㅎ."

설마하니 회심의 공격이 이처럼 무효가 되며 딱 일 수에 반격을 허용할 줄 몰랐던 탓이다.

"이젠 죽어도 원망하지 마라."

태막은 다시 갈고리를 들어 올려 발을 굴렀다.

"큭!"

태막이 진각을 밟듯 나아가려는 순간 갑자기 온몸이 깨지는 듯한 통증에 울컥하고 선혈이 뿜어져 나왔다.

자신의 의지로 통제할 수 없어 추한 꼴을 보이고 말았다.

태막은 비무대 바닥에 선혈을 뿌리며 한쪽 무릎을 꿇었다.

그런데 그 앞에 바로 내가 서 있으니 더욱 참담한 표정이었다.

나는 그런 태막을 보며 중얼거렸다.

"이런 개 같은 경우는 처음이지? 그러면서 크는 법이다."

내 말에 태막은 괴소를 흘렸다.

"크ㅎㅎㅎㅎㅎㅎ."

움직이고 싶어도 내부에서는 진기가 진탕되어 무릎조차 펼 수 없는 상태였다.

나는 놈의 혈기류를 보며 혼멸조의 한 가지 단점을 알아내었다.

혼멸조의 모든 기의 흐름은 중단전이 중심이었다.

그래서 가슴 한복판을 찔렀을 뿐이다.

중단전을 가격당했으니 기가 폭주하는 것은 당연하다.

아주 적절한 시기에 중단전을 건드리니 맥을 못 춘 것이다.

'그래서 지금 욕이라도 하고 싶어도 말도 하지 못할 것이야.'

나는 태막을 내려다보며 내가 마치 엄청난 고수가 된 것 같은 느낌에 빠져들었다.

태막을 보며 무공에 막 입문한 초입자를 가르치는 느낌이 들었다고 하면 나보고 미친놈이라고 할 것이다.

하지만 정말 그런 느낌이었다.

"어떻게 태 형이 저렇게 무력하게 당할 수 있는 거지?"

육문비는 이해할 수 없다는 표정으로 중얼거렸다.

그것을 초량이 받았다.

"저자의 실력이 그만큼 뛰어나다는 뜻이겠지요. 나도 태형이 저렇게 당할 것이라고는 상상조차 하지 못했소. 그야말로 피를 끓게 하는 자로군."

육문비는 초량을 돌아보았다.

딱 자신이 하고 싶은 말을 한 까닭이었다.

이들만 놀란 것은 아니었다.

참관석에서 두 사람의 비무를 지켜보던 이마이교의 장로들은 침음을 삼키며 누구 하나 입을 여는 자는 없었다.

백마교의 장로들을 배려해서였다.

하지만 침해월과 묘진홍은 말을 아낄 까닭이 없었다.

"호호호! 내가 저럴 줄 알았어. 저 새끼는 하여간 아주 음흉한 놈이라니까. 저런 실력을 지금까지 어떻게 감췄는지 몰라."

반면 침해월은 고개를 절레절레 흔들었다.

항상 이 정도 수준일 것이라 예상하면 그것을 훌쩍 뛰어넘는 자가 범빙의 호위였다.

설마하니 태막을 상대로 압도적인 무위를 선보일 줄 몰랐다.

부상을 입지 않고 간신히 이기면 다행이라 여기고 있었는데.

"반 호위는 대체 어떤 사람이지? 어떻게 저런 사람이 조용히 살 수 있었던 것일까?"

무인은 자신의 실력이 뛰어나다고 생각되면 그 실력을 만방에 알리려고 무림에 출사를 해서 좌충우돌하는 것을 즐기는 법이었다.

아무리 생각해도 저런 사람이 하인 생활을 하고 고작 호위나 한다는 것이 이해가 되지 않았다.

그런데 또 사람을 접해보면 그게 이해되지 못할 것도 없었다.

그다지 무인의 야망을 품은 것도 아니고 명성을 드높이고자 하는 욕심도 없어 보였다.

무림에 명성에 초탈하여 은거하는 고수들도 적지 않은 것은 아니나 자신 주위에 그런 자가 있을 줄은 몰랐다.

"반설웅 승!"

비무의 승패가 선언되자 태막은 조용히 비무대를 내려갔다.

계단을 내려가는 도중 휘청거려 백마교의 장로가 부축하고 내려왔다.

내가 비무대에서 내려오자 범빙이 물었다.

"어디 다친 곳은 없어요?"

불안한 시선으로 나를 살피는 범빙을 보며 나는 미소 지었다.

"괜찮습니다."

"다행입니다."

"네 다음 상대는 고맹과 육문비가 싸워 이긴 자가 될 거야."

북이 울리고 비무대로 고맹과 육문비가 오르는 모습이 보였다.

예상했던 대로였다.

고맹이 분전을 했으나 육문비는 뇌룡마검으로 불리는 마도 최고의 후기지수였다.

몇 번 번개가 치듯 섬광이 일자 고맹의 검은 비무대 밖으로 벗어났다.

그리고 고맹의 좌측어깨에서 복부까지 청색 무복이 시커멓게 타 버린 것을 보면 누가 봐도 고맹이 패배했음을 알 수 있었다.

뇌룡마검이라는 별호가 어울리는 무위였다.

그리고 고맹이 고개를 숙이고 비무대를 내려갈 때 육문비의 시선이 나를 보고 있는 것을 느꼈다.

나는 그를 향해 미소 지었다.

잘했다고 칭찬하는 미소를 보여주었다.

그러자 육문비가 눈썹을 찌푸렸다.

내가 아무런 위압감을 느끼지 않는다는 것을 보고는 심기가 불편한 것이다.

"어때? 육문비를 이길 수 있을 것 같아?"

묘진홍이 내게 바싹 다가앉으며 물었다.

"강한 상대야. 승부를 예측할 수 없어."

"그래도 이겨야 해. 그래서 초량이란 새끼를 묵사발을 내줘야 한단 말이야."

여자들의 그 끝 모를 복수심은 두려울 정도였다.

144

묘진홍은 자기 일이 아니라 친구의 일일 뿐인데도 이러는 것을 보면 여자라는 족속은 이해할 수 없었다.

나와 육문비의 비무는 반시진을 쉬고 진행하기로 결정되었다.

나는 할 일이 없어서 그냥 참관석에 앉아 있었다.

육문비가 고맹과 겨룰 때 보여주었던 섬전을 생각해 보았다.

확실히 뇌룡마검이라는 별호로 불려도 손색이 없는 실력이었다.

푸른 섬광이 번쩍인다 싶자 고맹의 강맹하기 짝이 없던 공세가 완전히 소멸하고 허허벌판에서 벼락을 맞는 것 같은 형상이 되었다.

나는 내가 만약 고맹이라면 그 섬광을 피할 수 있을지 곰곰이 생각해 보았다.

육문비가 선보인 푸른 섬광은 청룡십이검(靑龍十二劍)에서 검기로 펼치는 청룡토벽(靑龍吐霹)이라는 초식으로 청룡십이검중 백미에 꼽히는 초식이었다.

혈웅맹의 문주 육극은 바로 청룡십이검중 삼대초식 청룡토벽(靑龍吐霹), 청룡합해(靑龍陜海), 청룡광멸(靑龍光滅)로 혈웅맹의 종주로 올라섰다.

무림에서 이 세 초식을 제대로 받아낸 상대가 없었다.

육문비는 그 절대삼초 중에 청룡토벽만을 흉내 낼 수 있는 수준이었다.

하지만 그 정도 수준만으로도 또래에서는 상대가 없었다.

육문비는 칠성에 달한 청룡토벽 하나만으로 삼천무에 나온 것을 보면 그것만으로도 자신 있었던 모양이었다.

실제로 고맹도 강자로 분류되는 후기지수 중 하나이나 청룡토벽의 희생자였을 뿐이었다.

나는 이미 이마이교의 주요 무학을 모두 연구해 보았기 때문에 육문비의 수법을 보기는 처음 보아도 너무 잘 알고 있었다.

그리고 나는 고맹과 육문비의 비무를 보며 육문비의 단점을 하나 깨달았다.

청룡십이검의 삼대초식이 워낙 절대적이다 보니 육문비는 이 삼대초식 외의 초식은 덜 익숙해 보였다.

'놈은 아마도 이 삼대초식만 죽으라고 연마했을 것이다. 그래서 다른 초식이 손에 익지 않은 것이겠지.'

그것이 단점이었다.

그래서 다른 초식에 비해 허술해 보이는 부분이 많았다.

그것은 외형적인 모습을 보면 알 수 없어도 혈기류를 보면 그 흐름이 부자연스럽다는 것을 알 수 있었다.

사실상 이 삼대초식만 있어도 육문비가 이기지 못할 상대는 없다 보니 다른 초식은 소홀히 했을 것이다.

'바로 이점이 놈의 약점이 될 것이야. 이 절대삼초의 전권을 벗어나면 절대삼초도 무용지물이라는 것이지. 이 절대삼초를 펼칠 시간만 주지 않으면 승리는 내 것이다.'

나는 생각을 하며 싸움의 구성을 마쳤다.

강한 무공에는 강한 단점이 하나씩 있다는 것을 깨달았다.

하지만 그 단점을 메꿀 방법은 있으나 육문비는 강함에만 치우쳐 그 점을 소홀히 한 점이 눈에 보였다.

내가 보기에는 청룡토벽은 전권(戰圈)의 삼 장 안에 들어가지 않으면 타격을 받지 않았다.

나는 그것을 이용할 생각이었다.

제 8 장
NEO ORIENTAL FANTASY STORY
싸움은 복잡하지 않다

제8장
싸움은 복잡하지 않다

두웅!

북이 울리고 나서 나는 비무대로 올라섰다.

침해월이나 묘진홍, 여을, 범빙은 나를 걱정하는 눈빛으로 바라보았다.

이번 상대는 단순한 후기지수가 아니라 마도 최고 후기지수 중 한 명이었다.

그런 그들의 분위기에 동화되었는지 여을의 품에 안겨 있는 백랑도 나를 측은한 듯 바라보았다.

하지만 나는 그런 그들을 향해 상큼한 미소를 날려주었다.

두려움이란 없었다.

이상하게 혈영체를 얻고 난 후 난 무한한 자신감을 얻었다.

내가 죽지 않는 능력을 갖췄는지 모르지만 다른 무엇보다 그것이 가장 좋았다.

무인에게 있어 중요한 것은 상승무학과 공력이지만 실전에서 가장 필요한 것은 정신력이었다.

두려움과 공포는 근육과 신경을 마비시키기 때문에 자신감이 무엇보다 필요했다.

고수들을 보면 싸움에 임할 때 더 평온한 듯한 느낌을 받을 때가 있다.

그것은 근육과 혈을 이완시켜 진기수발을 원활하게 하기 위함이었다.

나도 현재 바로 이 단계까지 와 있었다.

물론 그것이 내가 스스로 정신수양을 통해 얻은 것이 아니라 혈영체를 통해 얻은 것이라 아쉽긴 했다.

그래도 그런 절정고수들이나 얻었을 법한 평정심을 가지고 있다는 것이 중요했다.

바로 이것 때문에 태막도 쉽게 제압할 수 있었던 것이다.

"태 형과 비무하는 형장의 실력은 실로 내 안계를 높여주었소. 본 공자가 아직 실력이 부족하여 내기를 아직 제대로 다스리지 못하오. 크게 다칠지 모르니 주의하시기 바랍니다."

뇌룡마검 육문비는 나름 정중하게 포권을 하며 내게 말했다.

생사결도 아니니 비무를 하기 전에 잠깐 수인사를 하는 것이다.

"부상을 당해도 상관없으니 육 공자의 실력을 마음껏 펼쳐내시기 바랍니다."

나는 육문비의 말을 받았다.

그러자 그의 눈썹이 살짝 꿈틀거렸다. 기분이 상했다는 뜻인데 내가 전혀 위축하지 않자 심기가 불편한 모양이었다.

"사양하지 않겠소."

육문비는 비무가 시작되자 하단세를 취했다.

나보고 선공을 하라는 뜻이었다. 그리고 그것은 내가 범위 안에 들어오면 청룡토벽을 펼치겠다는 뜻도 되었다.

그것은 또 하나의 의미가 있었다.

단 일수로 승부를 보자는 뜻도 되었다.

내가 움직이지 않자 육문비가 입을 열었다.

"단 일초로 승부 보는 것도 사내대장부답지 않겠소?"

나는 그 말을 듣고 실소를 지었다.

나름 육문비도 내가 태막과 싸우는 것을 보고 전략을 세운 것이다.

내가 잔영을 남길 정도로 빠른 몸놀림을 보이자 그것을 봉쇄할 방법을 찾은 것이 이 수작이었다.

단 일초로 승부를 보자 하고 내가 공격할 때 청룡토벽으로 나를 제압하겠다는 심사가 엿보였다.

빠른 상대로 싸우게 되면 자신이 불리하다는 것을 알고 있었다.

'영악한 놈이로구나. 하지만 그것은 네놈의 패착이 될 것이다.'

나는 고개를 끄덕였다.

"좋소, 단 일초로 승부를 가릅시다."

육문비는 나를 자극하려고 크게 말한 것이고 나는 일초 승부를 확답받기 위해 크게 말했다.

내가 대꾸하자 참관석의 이마이교의 장로들은 무모한 짓들을 한다고 핀잔하는 장로들도 있었다.

그리고 삼천무에 참가한 후기지수들은 고개를 저었다.

그들도 우리 두 사람의 일초비무가 무리하다가 생각하는 표정이었다.

"미쳤어. 미쳤어. 두 사람 다 미쳤어."

중얼거리던 묘진홍은 침해월을 보며 말했다.

"저건 육문비의 수작에 놀아나는 거야. 저 순진한 놈은 그것도 모르고."

침해월은 무표정한 얼굴로 대꾸했다.

"아니야. 반 호위가 생각 없이 육문비의 뜻을 따를 리 없어. 무슨 생각이 있겠지."

"생각은 무슨. 육문비가 번개로 구워삶으려는 것도 모르고."

"이렇게 되면 오히려 나는 반 호위가 승산이 더 있다고 생각해."

"왜?"

"육문비가 그 말을 하기 무섭게 반 호위가 따랐기 때문이지."

말도 안 된다는 눈빛이었지만 사실 자신도 그래서 오히려 반 호위가 더 유리하다고 생각하지 않았는가 말이다.

가유역은 치료를 받고 나오다 두 사람의 하는 짓거리를 보며 미소를 지었다.

"웃기는 놈들이군. 자신들이 무슨 절정고수들이라고 일초에 승부를 본다고 해."

가유역의 말은 일리가 있었다.

단 일수로 승부를 본다는 것은 정확히 상대를 꼬꾸라뜨릴 수 있는 절초가 있어야 가능한 일이었다.

실력이 뛰어나지 않으면 단 일초로 승부를 판가름하는 것은 불가능한 일이었다.

후우우우우웅!

비무대 공간이 육문비가 일으키는 진기에 반응해서 팽팽해지는 느낌이었다.

일갑자 반에 해당하는 공력으로 청룡토벽을 펼치면 적어도 그 안에 있는 생명체는 살아남지 못할 것이다.

호신강기로 막으면 그나마 생명은 건질 수 있을 것이다.

나는 육문비의 공력이 일갑자 반이라는 사실에 놀랐다.

'아, 이놈은 공력을 이갑자로 만들기 위해 이 삼천무에 참석했겠구나. 이갑자가 된다면 청룡토벽을 완성하고 청룡합해로 넘어갈 수 있을 테니.'

아마도 내 예상이 맞을 것이다.

나는 그동안 틈틈이 수련한 무영무종섬을 펼칠 생각이었다.

놈의 전권 안으로 뛰어들어가서 공격하고 청룡토벽이 펼쳐지는 순간 빠져나올 생각이었다.

무영무종섬이라면 충분히 그렇게 할 자신이 있었다.

둥!

비무대 바닥이 울렁거렸다.

나보고 먼저 선공을 하라고 신호를 보내고 나서는 선공에 나선 것이다.

나름 허를 찌른 것인데 그 정도로 놀랄 내가 아니다.

'곧바로 청룡토벽을 펼치겠지.'

나는 놈이 청룡토벽을 펼칠 순간을 기다리며 그 자리에
꼼짝 않고 서 있었다.

누가 보면 내가 겁을 먹고 굳은 것으로 볼 수도 있었다.

육문비의 검은 현란하게 움직이며 내가 피할 방향을 미
리 틀어막았다.

검에서 푸른 기운이 일렁거리는 것이 곧 청룡토벽이 전
개될 것 같았다.

쿠릉!

검에서 푸른 섬광이 뻗어나 올 때 나는 움직였다.

가유역은 튀어나올 듯 부릅뜬 눈으로 비무대를 보며 중
얼거렸다.

"저건 뭐야!"

가유역 옆에 있던 초량도 역시 신음을 뱉어내었다.

"믿을 수 없군."

가유역이 말을 이었다.

"어떻게 사람이 갑자기 사라질 수 있는 거지? 이형환위
라도 된다는 거야?"

"섬광에 가려져서 우리가 못 본 것일 수도 있소."

초량이 말을 받았다.

"우리가 그런 것을 놓칠 수 있다고 보시오?"

이미 그런 것을 놓칠 만한 수준이 아니었다.

아닌 것을 알면서도 인정할 수 없어 초량도 말한 것이다.

반 호위란 자는 비무대 끝에 서 있었다.

육문비는 세상에서 청룡토벽을 피할 수 있는 자가 있을
것이라고는 생각해 보지 않았다.

그런데 제법 실력 있어 보이나 자신의 하수로 여긴 일개
호위 놈이 청룡토벽을 피했다는 것이 믿어지지 않아 코만
벌렁거렸다.

그러다 곧 살기 어린 말을 흘렸다.

"일초로 승부를 본다고 하지 않았나? 그런데 도망만 가
다니. 신법 하나는 일품이다만 용기는 신법을 따르지 못하
는군."

간신히 인내심을 발휘하며 그래도 바닥을 보이지 않으
려고 노력했다.

보는 사람이 많은 까닭이었다. 생각 같아서는 달려들어
청룡토벽으로 재로 만들고 싶었다.

놈이 아무리 빠르다 해도 연속해서 청룡토벽을 펼치면
놈도 별수 없을 것이라 생각했다.

"무슨 소리입니까? 이미 승부는 난 것 같은데."

"무슨 개소리."

육문비는 어디서 허튼소리를 하느냐는 듯한 눈빛으로
쏘아보았다.

"음, 아직 모르는가 보군요. 가슴을 보시오."

"가슴? 가슴이 뭐?"

육문비는 자신의 가슴을 내려보다 말고 흠칫했다.

무복을 여미는 부분에 살짝 벌어진 것을 봐서는 검이 스치고 지나간 것 같았다.

'나도 모르는 사이에 언제 놈이 검을 뽑았지?'

놀랐지만 이 정도는 우기면 되는 수준이었다.

"살짝 스친 것 같은데 이것으로 승부가 결정되었다고 하는 것은 경솔하군."

그 말이 끝나기 무섭게 갑자기 육문비의 옷 앞섶이 활짝 열렸다.

알고 보니 옷고름이 있는 부분이 절개가 되어 버린 것이다.

"이럴 수가!"

참관석에 있던 장로 중에 많은 이들은 놀라서 일어서는 자들도 있었다.

범빙의 호위가 언제 검을 뽑아서 육문비의 앞섶을 갈랐는지 보지 못한 자들이었다.

초량은 가유역에게 말했다.

"봤소?"

가유역은 대답할 수 없었다. 보지 못했다. 반 호위의 움직임도 검을 언제 뺐는지도 보지 못했다.

오히려 가유역이 물었다.

"초 형은 보았소?"

"저자는 연검을 사용하고 있소."

초량이 연검이라고 말한 것을 보니 반 호위란 자의 검을
본 것이 틀림없었다.

가유역은 초량을 다시 보았다.

자신이 보지 못한 것을 봤으니 인정할 수밖에 없었다.

하지만 정작 초량의 얼굴은 어두웠다.

연검이라는 것만 확인했을 뿐 언제 육문비의 가슴을 베
었는지 보지 못한 것이다.

그래도 자존심 때문에 그 말은 하지 못하고 병기 얘기만
한 것이다.

"저 새끼 괴물이로구나."

묘진홍은 사방을 두리번거리며 중얼거렸다.

장로석에서는 수하들을 불러 뭔가 지시를 내리는 모습
과 그 수하들이 어디론가 사라지는 모습이 분주하기 짝이
없었다.

장로들도 사색이 된 자들도 적지 않았다.

'이마이교의 장로들이 저렇게 놀라는 모습은 처음 보는
군.'

묘진홍은 이상하게 통쾌한 생각이 들어 절로 미소가 나

왔다.

침해월은 길게 한숨을 내쉬었다.

"짐작할 수조차 없구나. 그는 내가 측량할 수 없는 수준의 무인이었어."

범빙은 침해월을 위로조차 할 수 없었다.

저렇게 낙담하는 친구의 모습은 처음이었다.

섣불리 위안의 말을 했다가 괜히 불편할 것 같았다.

어떻게 된 것인지 몰라도 그 대단하다는 육 공자를 이긴 것을 보면 반 호위는 대단한 무인임은 틀림없어 보였다.

범빙이 아무리 몰라도 육문비나 태막이 누구인지, 얼마나 강한 자들인지 알고 있었다.

'내 호위가 이렇게 강한 사람이었다니. 내게는 너무 과분하지 않은가.'

기쁘기도 하면서 안타까운 심정이 교차해서 묘한 마음이 들었다.

저런 사람이 자신의 곁에 오래 있을 것 같지 않기 때문이었다.

"내가."

육문비는 자신이 패한 것을 인정하고 싶지 않았다.

하지만 그래도 패해도 멋진 모습을 보이고자 패했다는 말을 직접 하고 싶었다.

그것이 사내대장부다운 모습이기 때문이다.

하지만 그 말이 쉽게 나오지 않았다.

아니, 그 말을 해 본 적이 없기 때문이라는 말이 옳을 것이다.

"내가."

여전히 그 말을 반복할 뿐이었다.

그래서 나는 확실하게 알려주고 싶었다.

"내가 이겼소."

그 말을 듣고 육문비는 흠칫하며 고개를 들었다.

그리고는 육문비는 허탈하게 웃고는 비무대를 내려갔다.

장로들에게 인사조차 하지 않고 그는 터덜터덜 걸으며 거처로 사라졌다.

아마도 이 길로 혈웅맹으로 돌아갈 것이다. 혈웅맹의 소맹주가 일개 호위에게 패했다는 사실을 받아들이려면 시간이 필요할 것이다.

이제는 마지막 초량과의 비무만 남았다.

나는 시간을 끌고 싶은 생각이 없었다.

"더 기다릴 것도 없이 지금 여기서 승부를 가리는 것은 어떻소?"

나는 초량을 향해 물었다.

그리고 또 한 번 내 말에 장내는 어수선해졌다.

초량은 나를 빤히 보더니 고개를 끄덕였다.

"어려울 것도 없지."

초량은 그대로 신형을 날려 비무대 위로 날아 내렸다.

"저 새끼, 확실히 미친놈이지?"

묘진홍은 아직도 이해가 되지 않는다는 얼굴로 침해월
과 범빙, 여을에게 시선을 던지며 동의를 구했다.

"반시진 쉴 시간을 지가 없애는 새끼가 미친놈이지 멀
쩡한 놈이겠어? 안 그래?"

하지만 아무도 대꾸를 하지 않자 비무대로 시선을 던졌다.

"초량에게 여유를 주지 않기 위함이야. 초량이 어떤 대
책을 가지고 나올지 모르니까 빨리 승부를 보려고 하는 것
이겠지."

침해월이 반 호위의 의도를 짐작하며 말했다.

"그래? 그렇다면 다행인데. 생각 없이 저지르는 것 같아
서 말이야."

범빙이 그런 묘진홍의 말에 반박했다.

"진홍이도 알다시피 반 호위는 절대 생각 없이 움직이
는 사람이 아니야. 내가 본 사람 중에 가장 똑똑한 사람 중
한 명이야."

묘진홍은 그 말에 반박하려다 말고 입을 다물었다.

자신은 지금 반 호위가 멍청하다는 것을 증명하려고 하
는 것이 아니라 자신을 안심시킬 말이 필요한 것임을 깨달
은 것이다.

"맞아, 멍청한 놈은 아니야."

"초량을 이기길 바라는 것이 지금으로서는 우리가 그에게 해줄 최선이야."

상교는 고맹과 함께 앉아 비무대를 쳐다보았다.

"형님, 누가 이길까요?"

상교가 고맹에게 묻자 고맹은 까칠하게 돋은 턱수염을 문지르며 대답을 미뤘다.

합비에 온 후 수염을 깎지 못한 탓에 턱수염이 제법 자랐다.

그래서 아침에 턱수염을 깎으려다 말고 제법 어울리는 것 같아 그냥 두고 있었다.

"저자는 내가 어찌해 볼 수 없는 육문비를 일 초 만에 꺾은 자야. 어디서 갑자기 저런 자가 튀어나왔는지 알 수 없군. 아무리 마도가 넓다고 해도 저런 실력자는 금방 알려지게 되어 있거든."

상교는 동문서답을 하는 고맹을 쳐다보았다.

"그래도 숙부가 무명소졸에게 죽지 않았다는 것은 다행이라 생각합니다."

상교는 범빙의 호위를 죽이기 위해 정면도전을 할 생각이었다.

그런데 비무를 지켜보니 자신이 근접할 수 없는 강자임

을 알고는 생각을 달리했다.

죽일 생각이 사라진 것이 아니라 방법을 달리 생각하고 있었다.

"내가 보기에는 초량이 이기기 어려워 보여."

이윽고 고맹이 승패의 향방에 대해 입을 열자 상교가 말을 받았다.

"만약 범빙의 호위가 우승하면 어찌 될까요?"

묻는 저의가 광범위해도 고맹은 상교가 어떤 뜻으로 묻는지 알 수 있었다.

"복수는 쉽지 않을 것 같구나. 삼천무에서 우승한 기재를 각 문파에서 가만둘 것 같은가? 어떡하든 영입하려고 노력할걸세. 저기 참관석에 있는 장로들을 보게. 지금 범빙의 호위란 자에 대한 정보를 얻기 위해 그 수행원들이 부지런히 움직이는 것을 말이야. 뇌룡마검 육문비를 격파하고 소신도 초량마저 이긴 마도의 후기지수를 누가 외면할 수 있겠는가. 그런 그가 현재 작은 문파의 일개 호위로 있다면 큰 떡밥을 던져주고 영입하려고 하지 않겠는가? 저 정도 실력이라면 어디에 써먹더라도 써먹을 수 있을 테니까 말이야."

"그러니까 저놈이 더 알려지기 전에 죽여야 하는 거죠."

"현제(賢弟)의 마음은 이해하지만 쉽지 않을 것이야.

우선 동정을 살펴봐야 할 것 같아. 자네도 알다시피 사십사혈마단이 저자를 죽이려 했지만 실패했지 않는가 말이야. 목룡, 살선 장로님이 눈감아줬는데도 말이야. 그렇다면 저자는 보통내기가 아니라는 것이지. 쉽게 생각할 게 아니야."

상교는 대화 중에 간간이 콧잔등을 찡그렸다.

고맹이 반 호위란 놈을 상당히 존중한다는 느낌을 받았기 때문이었다.

저놈도 아니고 저자라고 호칭하는 것을 봐도 알 수 있었다.

그렇다고 그것을 따져 물을 수 있는 신분도 되지 않았다.

형식적으로 형님 동생 하는 사이지만 엄연히 고맹은 부맹주의 후계자였고 자신은 일개 단주의 조카 신분이었다.

상교는 막막한 생각에 입술을 깨물었다.

초량은 나를 보며 히죽 웃었다.

보통 포권으로 인사하는 것으로 비무를 시작하는데 초량은 조소 섞인 웃음으로 인사했다.

"여기까지 올라온 것을 후회하게 될 것이다."

나는 그런 초량을 보며 담담하게 대꾸했다.

"불안한가 보구나. 이전에도 그 말을 들었거든. 내게 패한 자한테."

내가 대뜸 하대하자 초량이 움찔거렸다.

일개 의원의 호위주제에 자신과 동등한 관계라고 여기는 것이 기분 나쁜 표정이었다.

"무슨 말이지?"

놈은 내가 한 말의 의도를 알기 위해 물었다.

"내가 지금까지 본 초량은 여유가 있었다. 강한 상대라해도 긴장하지 않았거든. 그런 초량이 나에게 저급한 말을하는 것을 보니 긴장한 것 같아서 말이야."

"말도 안 되는 소리."

발끈한 초량이 말하면서 내 말대로 자신이 긴장해 보인다는 생각이 들어서인지 급히 입을 다물었다.

"흐흐흐, 그놈 참 대단하구나. 나를 이토록 도발하다니."

자신이 도발에 넘어갔다고 생각하는지 약간은 민망한표정이었다.

약간 남아 있던 긴장감을 훌훌 털어버린 모습이라 나는오히려 도발한 것이 실수였다고 생각했다.

'과연 마도 최고의 기재답구나.'

나는 인정하지 않을 수 없었다.

초량은 무공뿐 아니라 정신수양도 상당히 경지에 오른인물이었다.

"우리도 간단하게 승부를 내볼까?"

내가 말하자 초량이 대꾸했다.

"그러지. 간단하게. 본래 싸움은 간단한 것인데. 복잡하게 싸울 필요가 있나."

"그렇지. 강할수록 싸움은 간단한 법이지."

내가 공감을 표하고 미소 지었다.

우리 두 사람은 비무대에서 어울리지 않게 미소를 지었다.

그리고 그것이 싸움의 시작을 알리는 시발점이었다.

제 9 장
NEO ORIENTAL FANTASY STORY
우승하다

제 9 장
우승하다

혈첩의 싸움수칙이 있다.

'전투는 가장 간단하게. 살인은 가장 은밀하게. 도주는
흔적 없이.'

누구나 들었을 법한 수칙이지만 전투를 가장 간단하게
하라는 말은 큰 의미가 있었다.

싸울 때 흥분하게 되면 초식은 과장되고 공력은 비효율
적으로 운용되기 마련이었다.

하지만 냉정을 유지한다면 허세가 없는 초식과 필요한
만큼만 사용하는 효율적인 진기 운용으로 싸울 수 있다는
뜻이었다.

싸우면서 냉정을 유지한다는 것은 보통의 정신수양으로

불가능한 일이었다.

우리는 싸우면서 냉정을 유지하기 위해 특별한 수련을 받았다.

일 초만 격돌해보고 자신이 죽일 수 없다고 판단되는 상대면 그 즉시 도주를 선택하는 훈련을 받았다.

어찌 보면 황당한 수련방법이지만 그것이 생존할 확률이 가장 높은 방법이었다.

우리는 반드시 상대를 죽여야 하는 자객은 아니었다.

이번이 안 되면 다음번에 다시 기회를 노려야 하는 첩객이었다.

그런데 바로 이 수련이 싸울 때 냉정함을 유지하게 하였다.

싸우다 안 되면 도주하면 그만이기 때문이었다.

그래서 싸우기 전에 우리는 도주로부터 완벽하게 확보하고 싸웠다.

딱 일 초만 부딪히고도 알 수 없다면 이 초를 더 공격했다.

사실 무인이라면 어떠한 상대든 삼 초안에 상대의 수준을 가늠할 수 있었다.

그리고 모든 힘을 다해 삼 초를 공격했는데도 상대를 쓰러뜨릴 수 없다면 그 상대는 객관적으로 자신보다 더 우위의 수준임을 알 수 있었다.

초량 같은 일류고수들에게는 노림수가 섞인 초식을 사용해야만 승세를 가져갈 수 있었다.

일반적인 초식만으로는 상대하기에 어려웠다.

그렇게 싸우다 보면 늘 상승무학을 익힌 고수가 승리하게 되는 것이다.

그래서 나는 하나의 노림수를 정하고 구중을 꺼냈다.

구중으로 상대해 놈의 방심을 이끌어 내어 노림수로 승부를 결정지을 생각이었다.

틱!

우리 두 사람이 서로 접근하며 소리 낸 첫 충돌음이었다.

그다음부터는 작은 잡음도 없었다.

서로의 공격을 흘려내며 기회를 엿보고 있었다.

어찌 보면 우리 두 사람은 허공에 헛손질하며 장난치는 것으로 볼 수도 있었다.

나는 초량의 속도를 보며 속으로 감탄했다.

'만약 내가 혈영체를 얻지 못했다면 나는 결코 초량의 속도를 눈으로 감지조차 못했을 것이야.'

초량이 이 정도 속도감으로 움직일지 몰랐다.

이제 보니 실력을 감추고 있었던 것이다.

그런데 나보다 초량이 더 놀라는 모습이었다.

자신의 속도를 내가 따라올 줄 몰랐다는 표정이었다.

'놈! 식겁할 거다.'

초량은 속도로 압도하지 못하자 도기를 뿜어내며 변화시켰다.

따다다다다당!

내가 구중으로 놈의 공격을 모조리 막아내자 흥분하기 시작했다.

갑자기 혈기류가 하단전에서 두 팔로 증폭되는 것을 감지했다.

'봉신패(封神覇)!'

신도(神刀)의 봉신패(封神覇)는 일격필살의 초식이었다.

그것을 나 같은 일개 호위에게 사용하다니.

나를 죽이려고 작정한 것이다.

다른 이들이 설렁설렁한 부분이 있다면 초량은 진짜 나를 죽일 생각이었다.

내가 아무리 혈영체를 가지고 있다고 해도 봉신패를 받고서는 살아남을 수 없었다.

봉신패는 일도로 내리치는 단순한 초식 같아 보여도 초식의 전개방법은 오묘했다.

내 주변 일 장의 범위 밖에서부터 시작해서 안으로 파고드는 도기가 바로 봉신패였다.

도기가 일장 밖에서 안으로 몰려드는 느낌이 들었다.

먹장구름이 엄습해오는 느낌에 온몸의 솜털이 곤두섰
다.

이미 피하기에는 늦었다.

정면승부밖에 없는데 초량은 바로 이것을 노린 것이다.

'이것을 호신강기로 막기에는 역부족이다. 내가 초량보
다 공력이 낮기 때문이다. 그렇다면 방법은 하나뿐이야.'

나 또한 모든 공력을 방출하며 천변만환검법중 가장 농
밀한 방어막을 구축하는 삼중천막(三重天幕)을 펼쳤다.

세 겹으로 이뤄진 검막을 만들어 내는 것인데 세 겹으로
만들기 위해서는 그야말로 전광석화 같은 빠른 움직임이
필요했다.

휘리리리리리릭!

구중으로 삼중천막을 펼쳐내며 초량의 혈기류를 파악했
다.

초량이 봉신패의 기운을 발산하고 난 후 그 찰나의 틈을
노릴 생각이었다.

쿠우웅!

봉신패의 도기가 쏟아져 내리며 내가 펼친 삼중천막과
충돌했다.

순식간에 비무대 주변이 도기에 쓸려나갔다.

우리가 자리한 자리만 제외하고 주변은 도려낸 듯 떨어
졌다.

봉신패의 위력이 여실히 드러난 것이다.

하지만 내 눈과 기감은 오직 초량에게 집중되어 있었다.

'폭풍도 폭풍의 눈만은 조용한 법이지. 봉신패도 역시 그 힘의 공백이 생기는 중앙이 약점이 되는구나.'

혈기류에서 공간이 생기는 부분을 향해 나는 구중을 쑤욱 밀어 넣었다.

그러자 초량은 나와의 거리를 넓히며 벗어나려 했지만, 뒤는 자신이 파괴한 비무대 끝이었다.

하지만 초량은 구중이 자신의 목 한 치 앞에서 멈춰 서자 반격을 가하기 위해 도를 들었다.

그런데 그 순간 갑자기 구중에서 백색의 기운이 목을 한 차례 훑고 지나갔다.

초량은 그것이 투명한 연검이라는 사실을 알고는 흠칫하고 놀랐다.

목둘레에서 뜨끈한 선혈이 흘러내렸다.

반 호위란 자의 연검이 목을 한 바퀴 할퀴고 간 흔적이었다.

초량은 그것을 막아내지 못했다는 사실에 망연자실하게 서 있었다.

내가 구중으로 찔러도 초량의 몸에 닿지 않는다는 사실을 알고 있었다.

초량이 그것을 알고 방심할 때 연검을 같이 쥐고 있다가

사교살룡을 전개한 것이다.

연검이 구중을 타고 올라가 잠시 방심한 초량의 몸을 감고 나온 것이다.

나는 일부러 초량에게 패배감을 안겨주기 위해 목을 벤 것 같은 흔적을 남겼다.

묘진홍의 주문대로 초량의 팔을 잘라낼 수 없는 노릇이었다.

그랬다가는 나뿐만 아니라 범빙도 살아남지 못할 것이다.

차라리 초량에게 무력한 패배감을 안겨주는 것이 완벽한 복수가 될 수 있었다.

"이놈!"

냉정을 유지하던 초량이 분기를 참지 못하고 덤벼들었다.

나는 이미 패배한 초량이 다시 공격해 오자 더 이상 사정을 봐주지 않았다.

파괴된 비무대의 좁은 공간 속에서 나는 미꾸라지처럼 움직이며 초량의 영웅건을 베어냈다.

툭!

노란 호박이 박힌 영웅건이 바닥으로 떨어지자 초량의 눈이 파르르 떨었다.

지금까지 이런 패배를 당해본 적이 없으니 원통하고 분할 것이다.

"흐앗!"

초량은 여전히 자신이 패했다는 사실을 인정하고 싶지
않았다.

초량의 도가 변화를 하며 내 가슴을 향해 파고들었다.

모두가 비무가 끝났다고 여긴 순간이라 이 공격은 느닷
없었고 날카로웠다.

하지만 이미 나는 초량의 혈기류를 감지하고 재차 공격
해 올 것을 알고 있었다.

공격해 올 때 나는 축지환보를 섞어 창안한 무영무종섬
으로 놈의 머리카락을 베어내었다.

바람에 따라 검은 머리카락이 흩날리자 초량이 울부짖
었다.

"으아아아아아아!"

몇 번이고 계속 내게 수모를 당하자 분기탱천하여 사자
후를 터뜨린 것이다.

하지만 나는 그런 그를 느긋하게 바라보며 서 있었다.

놈이 패배를 인정하지 않고 공격해 오면 더욱 모욕을 줄
생각이었다.

그래서 묘진홍이나 침해월이 통쾌하게 생각하게 될 만
큼 만신창이로 만들어 줄 생각이었다.

쿨럭!

하지만 초량은 더는 공격하지 않고 도를 떨구며 선혈을

토해내었다.

봉신패를 무리하게 전개해서 진기가 진탕된 상태에서 분기를 이기지 못하자 몸이 버티지 못한 것이다.

나는 오연히 서서 그런 초량을 지그시 바라보았다.

"왜? 내려가지 않는 것이냐? 이런 꼴을 보니 우스운가?"

초량이 나를 노려보며 말했다.

나는 대꾸했다.

"나는 네가 패배했다는 말을 듣지 못했다."

"이익!"

초량이 도를 들어 올리려다 말고 멈칫했다.

"푸홋!"

실성한 놈처럼 웃다가 말했다.

"내가."

초량도 역시 패배한 사실을 입 밖으로 꺼내는 것이 여간 어렵지 않았다.

"내가 졌다."

마치 독이라도 삼키는 듯한 표정으로 말했다.

나는 북을 치는 자에게 말했다.

"선언하시오."

북을 치던 심판관이 외쳤다.

"합비 삼천무 우승자는 반설웅입니다!"

둥둥둥둥둥둥!

그 외침에 환호성을 지르는 이도, 손뼉을 치는 이도 없었다.

나는 경악으로 물든 사람들의 얼굴을 주욱 훑어보았다.

이상하게 온몸에서 전율이 흘렀다.

합비 삼천무가 이상하게 전개되어 생각지도 못한 우승자가 배출되어 참관석에 앉은 장로들은 석상처럼 한참 동안 움직이지 못했다.

운이 좋아 뇌룡마검 육문비를 이겼지만 설마하니 초량까지 격파할 줄 몰랐던 것이다.

그것도 압도적으로 이겼기 때문에 장로들은 이 상황을 믿을 수 없었다.

다른 이들도 아니고 이마이교의 적통 후계자들이었다.

교주와 맹주들의 진전을 고스란히 이어받은 기재들이었다.

그런 그들을 일개 들어보지도 못한, 아니 변변한 별호조차 없는 의원의 일개 호위가 모두 격파한 것을 어떻게 이해해야 할지 모르는 표정이었다.

육문비를 이겼을 때와는 또 다른 충격을 받은 모습이었다.

침해월이나 묘진홍이라고 다를까.

범빙이나 여을은 이것이 무엇을 의미하는지 제대로 알지 못하니 다가오는 나를 향해 반색하며 다친 곳이 없느냐며 물었다.

하지만 침해월과 묘진홍은 나를 숫제 괴물 보듯 하며 바라보았다.

사실 나도 이번 비무에 임하며 스스로 놀라고 있는데 그들이 경악하는 것은 당연하다.

"너, 이 새끼."

묘진홍은 결국 나를 보며 옹알이를 하다 입을 열었다.

찬탄이 담긴 욕이었다.

"정말 강하잖아. 뭘 처먹었기에 이렇게 강한 거야."

침해월은 묘진홍의 욕을 듣고서야 비로소 잔잔한 미소를 지었다.

"고맙습니다. 초량의 팔을 자른 것보다 더 큰 치욕을 안겨주셔서."

역시 침해월은 내 뜻을 알아줄 주 알았다.

"괜찮아요?"

여을은 걱정하는 표정으로 물었다.

나는 여을이 안고 있는 백랑을 쓰다듬으며 고개를 끄덕였다.

"다친 곳 하나 없습니다."

"어떻게 비무대가 무너져 내릴 정도로 싸웠는데 다친 곳이 하나 없어요? 정말 대단해요."

묘진홍이 갑자기 우리 대화에 끼어들었다.

"이게 어디서 애교를 떨어?"

웃으면서 말은 했지만, 자못 그 말에 가시가 숨어 있어 여을은 움찔하며 뒤로 물러났다.

"이게 어디서 윽박질러."

내가 똑같이 말을 받아치자 묘진홍이 샐쭉해졌다.

"정말 다행입니다. 저는 반 호위가 크게 다치는 줄 알고 가슴을 졸였습니다."

나는 빙긋 웃었다.

"감사합니다."

뒤늦게 장로들이 우왕좌왕하는 모습을 보며 묘진홍이 중얼거렸다.

"이거 시끄러워지겠는데."

범빙이 물었다.

"뭐가?"

"그 대단하다는 기재들을 모두 제치고 이번 삼천무 비무에서 승리했는데 이마이교에서 이놈을 가만 놔두겠어?"

범빙이 인상을 썼다.

"그럼 그들이 반 호위님을 죽이려고 한다는 말이야?"

범빙은 일전에 사십사혈마단과 싸운 것을 염두에 두었다.

묘진홍이 피식 웃었다.

"아니, 그게 아니라 이런 대단한 고수를 가만두겠느냐고. 자신들의 휘하로 거둬들이려고 많은 제안을 할 거라고. 나라도 당장 내 휘하로 두고 싶은걸."

범빙이 소스라치게 놀라며 말했다.

"너한테는 안 돼."

"참나, 누가 뭐래."

"네가 예전부터 반 호위를 탐냈잖아."

"아, 그건 다른 거고."

"하여간 넌 안 돼."

범빙이 딱 잘라 말하자 묘진홍이 섭섭해하는 표정이었다.

침해월도 침중하게 말했다.

"진홍이 말이 옳아. 곧 반 호위에게 수많은 유혹이 올 거야. 거부할 수 없는 조건을 걸겠지."

침해월이 빤히 쳐다보며 말을 이었다.

"이마이교뿐만 아니라 다른 문파에서도 반 호위를 눈독들일 거야."

묘진홍이 맞장구를 쳤다.

"맞아, 어쩌면 문주의 여식을 주겠다고 달려드는 자들도 많을걸. 넌 분명 그런 유혹을 거부하지 못할걸?"

묘진홍이 뭔가 기대하는 눈빛으로 나에게 말했다.

"난 관심 없어. 부와 명예를 추구했다면 내가 범 소저의 장원으로 가지 않았겠지."

내가 백랑을 안아 들며 말하자 여을과 범빙은 활짝 웃었다.

"자, 영단을 받으러 갑시다. 영단을 받아서 악 공자에게 복용시켜야 하지 않겠소?"

차마 나를 재촉하지 못하고 기다리던 침해월은 내가 그 말을 먼저 꺼내자 고마워하는 얼굴로 고개를 숙여 인사했다.

내가 영단을 받으러 장로단에 들리자 서륜과 몇몇 장로들이 내게 말했다.

"우승을 축하하네. 자네의 출중한 실력은 노부를 경악시키기에 충분했네."

서륜은 영단을 담은 은곽을 넘겨 주었다.

"누구에게 갈까 궁금하던 영단인데 정말 엉뚱한 사람에게 가는군. 이래서 보물의 주인은 따로 있다는 말이 맞는 것 같군."

나는 이마이교의 장로들이 있는 앞에서 은곽을 받아 들고 말했다.

"감사합니다."

달리 더 할 말이 없어 나는 인사를 하고 나왔다.

방을 나오며 나는 그 알 수 없는 침묵에 많은 것이 담겨 있음을 알 수 있었다.

이마이교가 거금을 들여 구한 영물로 만든 영단이 자신들의 후계자가 아니라 일개 호위에게 돌아갔으니 아깝기도 할 것이다.

그렇다고 주지 않자니 세간의 이목이 두렵고 주자니 속이 쓰린 경우였다.

이들의 입장에서는 한 마디로 죽 쒀서 개 주는 꼴이 된 것이다.

나는 그 즉시 영단을 들고 침해월에게 찾아갔다.

가는 길에 혹시 이 늙은이들이 진짜 영단을 빼돌린 것은 아닌가 하는 의심이 들어 은곽을 열어보았다.

그러자 이 세상의 향기가 아닌 것 같은 향긋한 향이 콧속으로 파고드는데 일순 황홀경에 빠지는 경험을 맛보았다.

그 향 하나만으로도 이 영단이 영험하다는 것을 알 수 있었다.

향을 맡는 순간, 이 영단을 독식하고 싶은 욕심이 생겼다.

그만큼 영단을 나눠주면 바보가 될 것 같은 느낌이 들었다.

그 순간만큼은 침해월도, 악우명의 얼굴도 떠오르지 않았다.

'그냥 이대로 도주할까?'

향기 하나로 온갖 유혹이 시작되었다.

그때 갑자기 묘진홍이 나타나 말했다.

"너 설마 그거 가지고 도망갈 생각은 아니지?"

난 그 말에 뜨끔했다. 그러나 담담한 표정을 지으며 대꾸했다.

"맞아, 그냥 혼자 다 먹을까 하고 생각했어."

"거 봐. 넌 도둑놈 심보가 있어. 그래서 내가 마중 나온 거야. 혹시라도 네놈이 가지고 튈까 봐."

막말하는 묘진홍이 이때만큼은 고마웠다.

그녀가 아니었다면 어쩌면 나는 이 영단을 혼자 집어 먹었을 것이다.

영단의 향기에 취하다 보면 그런 유혹에 빠질 수밖에 없었다.

"나도 한 번 맡아보자. 대체 금 천 냥짜리 영단이 어떻게 생겼는지 말이야."

그때 나는 은곽을 닫았다.

탁!

"야! 너 내 패로 우승했잖아. 이렇게 야박하게 나오면 안 되지."

따지듯 말했지만 나는 고개를 저었다.

"넌 그냥 집어 먹고 말아."

묘진홍은 그러고도 남을 여인이었다.

나는 영단을 가지고 악우명을 치료하는 곳으로 향했다.

내 손에 든 은곽을 보며 침해월은 침을 꼴깍 삼켰다.

악우명은 아직 정신을 차리지 못하고 인사불성으로 누워 있었다.

내상이 상당히 깊은 모양이었다.

침해월이 영단의 반을 요구한 것도 무리는 아니었다.

이런 경우 자칫 잘못하면 내상을 치료하지 못하고 죽는 예도 있었다.

그래서 명문세가나 구대문파에서도 이런 경우를 대비해 영단을 만드는 것이다.

소림뿐 아니라 화산파와 무당파, 당문, 남궁세가등 대부분의 명문, 대문파들은 자파만의 비전으로 영단을 제조했다.

그것들이 바로 대환단이고 자소단, 태청단이라 불리는 것들이다.

침해월이 은곽을 열자 방안으로 퍼져 나가는 향기에 취해 모두 침묵했다.

"냄새만 맡아도 공력이 증진되는 것 같은 느낌이야."

묘진홍은 놀란 얼굴로 중얼거렸다.

"네놈이 어째서 내게 안 보여줬는지 이해가 된다."

묘진홍은 탐욕 어린 눈길로 은곽을 바라보았다.

침해월은 영단을 뚫어지게 쳐다보고 있었다.

'아마도 내가 느꼈던 유혹을 고스란히 느끼고 있을 것이다.'

침해월의 흔들리는 눈동자를 보면 알 수 있었다.

그러다 곧 평정을 되찾은 침해월이 고개를 들었다.

'과연, 침해월이다. 묘진홍이었다면 얼른 집어 먹었을 건데.'

침해월은 내게 말했다.

"이걸 남에게 주는 것이 참으로 힘들었을 텐데 감사합니다."

내 마음을 알았던 것일까?

침해월의 눈빛은 탄복을 금치 못하고 있었다.

침해월이 은곽을 범빙에게 넘기자 범빙은 영단을 꺼내 작은 비수로 반으로 쪼갰다.

놀라운 것은 범빙은 그 향을 맡았음에도 전혀 흔들리지 않았다.

그것을 보며 한가지 깨달았다.

'어쩌면 범빙은 단전이 아예 없어서 저 향을 맡아도 흔들리지 않는 것은 아닐까? 난 저 향을 맡았을 때 단전이 요

188 4

동치는 것을 느꼈으니까. 어쩌면 영물이란 공력을 유혹하는 기운일지도 모를 일이야. 여을만 봐도 이 영단을 약재를 보듯 하지 않는가 말이야.'

그런 생각을 하며 영단 반쪽을 악우명의 입에 넣는 것을 지켜보았다.

"진기 유도는 제가 하겠습니다."

침해월은 앞으로 나서서 누워있는 악우명의 단전 부근에 손을 얹었다.

"나머지는 해월이에게 맡기면 됩니다."

범빙이 안도의 한숨을 내쉬며 말했다.

"여기는 내가 지키고 있을게. 빙아는 나가서 좀 쉬어."

"아니야. 해월이와 악 공자를 지켜봐야지."

범빙은 많은 이들을 치료하느라 피곤한 기색인데도 친구 해월이를 생각해 자리를 뜨지 않았다.

가끔은 이들이 정말 친구일까 하는 의문이 들곤 하지만 이럴 때는 그들은 서로 아끼고 있다는 것을 한눈에 알 수 있었다.

제 10 장
NEO ORIENTAL FANTASY STORY
별호를 얻다

제 10 장
별호를 얻다

"아직도 믿어지지 않는군요."

서곤은 뭔가 골똘히 생각하며 중얼거렸다.

그러자 곰방대에 연초를 꾹꾹 눌러 담던 서륭이 말했다.

"강할지도 모른다고 생각했지만 이 할아비도 그렇게 강한지 몰랐다. 설마하니 육문비와 초량을 꺾을 줄은 상상도 못했다."

"하아."

서곤은 저도 모르게 한숨을 내쉬었다.

육문비, 초량과 비무를 하던 반설웅이란 자의 모습이 쉽게 망막에서 사라지지 않았다.

현란하거나 박진감 넘치는 비무는 아니었으나 어딘지 모르게 차원이 다른 것 같은 무학은 전율이 일었다.

"백랑비마의 무공이 저렇게 강한 것인가요?"

서곤의 물음에 서륭은 물끄러미 쳐다보았다.

손자의 상실감이 마음에 걸렸지만 지금 강하게 담금질하지 않으면 그저 그런 무사로 남기 때문에 강한 어조로 말했다.

그래서 그때의 장면을 복기하듯 설명했다.

"곤아, 이 할아비가 보기에는 육문비의 청룡십이검이나 초량의 신요도가 더욱 강했다. 그런데 그들이 패한 것은 무공을 완벽하게 익히지 못했기 때문이었다. 신요도의 봉신패에 의해 비무대가 완전히 주저앉았다. 그 정도로 강한 도기에 맞서서 반설웅이란 아이는 백랑비마의 무공으로 대응했다. 할아비가 알기엔 봉신패를 막은 그 초식은 삼중천막이라는 초식이다. 세 겹이나 되는 검막을 형성해 봉신패를 막아낸 것이야. 말하자면 반설웅이란 아이의 화후가 더 깊어 봉신패를 막아낸 것이지. 그리고 더 놀라운 것은 초량이 봉신패로도 상대를 꿇리지 못하고 잠시 당황하는 사이에 공격해 완전히 초량의 움직임을 빼앗았다. 아마도 실제로 두 사람은 비슷한 경지였을 것이야. 그런데 그런 차이가 승패를 가른 것이다. 반설웅이란 아이가 끝까지 방심하지 않고 싸움에 집중한 것이 승리의 요인이 없을 것이다."

서곤이 말을 받았다.

"무공의 고하보다는 숙련도에 의해 승패가 결정된다는 말씀이군요."

"그렇지. 그러니 곤이도 내 무공을 완벽히 익히면 그들과 능히 겨루고도 남을 것이야. 이 할아비의 무공도 백랑비마의 무공보다 더 강하면 강하지 약하지 않아."

서륭은 이 기회로 손자가 무공수련에 더욱 정진하기 바랐다.

"지금은 반설응이란 아이와 대적할 것이 아니라 그를 우리 편으로 끌어들이는 것이 더욱 중요 해."

혹시라도 손자가 반설응과 대적할까 저어해 한마디 해 두었다.

"할아버지는 그자를 영입하시려고 해요?"

서륭은 부싯돌로 곰방대에 불을 붙이고 길게 들이켰다가 뿜어냈다.

"후우, 생각해 보아라. 그자가 혈옹맹 육문비도 격파하고 고맹을 이긴 초량도 완벽하게 제압했어. 그 정도면 우리가 그를 영입만 하면 상당히 큰 힘을 얻지 않겠느냐?"

"그렇다 해도 고작 후기지수잖아요. 그런 자 때문에 맹의 세력이 움직일까요?"

서륭이 연기를 뿜어내며 대꾸했다.

"곤아, 중요한 것은 그런 무림의 동량이 될 만한 기재를 영입하는 능력을 보여주는 것이야. 그리고 그를 영입해서 맹의 후계자로 올리는 것도 나쁜 계획이 아니지."

"할아버지!"

서곤은 놀라서 소리쳤다.

맹의 후계자는 맹주가 될 수 있는 자리였다.

"부맹주 측에서는 고맹을 밀었다. 그런데 이번에 고맹은 초량에게 패해 만신창이가 되었지 않느냐? 고맹을 이긴 초량을 압도한 기재를 내세우면 누가 나설 것 같으냐?"

"육문비가 있지 않습니까?"

"그렇겠지. 그런데 그도 반설웅에게 졌으니 다른 사람을 내세우겠지. 우린 그런 혼란을 충분히 이용해 맹주 자리를 탈환할 수 있어. 반설웅이란 아이는 우리에게 그저 맹주 자리를 만들 발판이 될 뿐이야."

서곤은 서륭을 보며 물었다.

"할아버지는 혹시 육문비의 형을 염두에 두고 있는 것입니까?"

서륭이 기특하다는 듯 쳐다보았다.

"네가 거기까지 생각하는 줄 몰랐구나. 그렇지. 육문비도 그렇지만 맹주는 그의 첫째아들을 폐관시킨 지 벌써 오

196

년이나 되었다. 그의 첫째 아들 육강균을 실상 맹주의 후
계자로 키우고 있는 것이야. 그래서 우린 그를 견제할 만
한 인재를 키워야 한다."

육강균(陸强筠)은 육문비의 형으로 어릴 적부터 천재라
고 소문이 자자했다.

오 년 전에 슬그머니 사라졌는데 육극이 모처에서 청룡
십이검을 전수한다는 말이 돌았다.

지금쯤이면 완성을 했을지도 모를 일이었다.

"그런데 그자가 우리 제안을 받아들일까요?"

서륭은 빙그레 웃었다.

"받아들일 수밖에 없는 제안을 하면 되는 것이다."

"그런 제안이 있습니까?"

서륭은 히죽 웃었다. 왼쪽 볼에 붙은 검은 검버섯 같은
점이 일그러졌다.

"그건 이제부터 구상해봐야지."

서곤은 반설응을 맹주 후계자로 영입한다는 이야기가
영 마음에 들지 않는지 얼굴이 좀처럼 펴지지 않았다.

상교는 반설응의 약점을 파악하기 위해 비무를 참관했
다가 오히려 좌절감만 맛보았다.

처음에는 반설응쯤은 자신의 무공으로 충분히 제압할
수 있다고 여겼다.

그런데 자신이 우상으로 여기는 육문비를 격파하는 모습을 보고는 그만 복수심은커녕 무력감만 얻었다.

'혼자서는 결코 그자를 죽일 수 없어.'

상교는 생각을 달리하기 시작했다.

'강하다면 그에 걸맞게 대접해줘야 하겠지.'

상교는 계획을 수립하기 위해 방안에 틀어박혀 나오지 않았다.

사람들은 그래서 상교가 삼천무에 왔었다는 것조차 잊고 있었다.

나는 비무를 한 후라 수욕을 하고 나오다 말고 누군가 다가서는 것을 감지하고 걸음을 멈췄다.

어둠 속에서 누군가 걸어나왔는데 참관석에 있던 장로 중 한 명이었다.

"반 소협."

"안녕하십니까."

나는 정중하게 인사했다. 그가 다른 장로도 아니고 침해월이 속한 백마교의 장로였기 때문이었다.

"단도직입적으로 말하겠네. 자네 본교에 투신하지 않겠는가?"

나는 느닷없이 말하는 장로를 빤히 쳐다보았다.

"무슨 말씀인지?"

"자네가 원하는 직급을 줄 것이고 원한다면 본교 맹주님의 영애와 성혼까지 할 수 있네."

제안이 파격적이었다.

장로가 말하는 여인은 태화미(太華美)로 백마교 최고의 미인으로 알려졌다.

태막의 누나며 무공도 태막과 비등하다고 알려진 재녀였다.

마치 그 기질이 손권의 여동생과 닮아 상향검(尚香劍)이라 불렸다.

유비의 부인이 된 손권의 여동생 손상향과 얼굴과 기질이 닮았다고 해서 붙은 별호인데 무림에서도 대단히 유명한 여고수였다.

어떤 면에서는 태화미와 혼인하면 백마교의 이인자가 될 수 있다는 뜻도 되었다.

그래서 이 제안은 대단히 파격적이라고 할 수 있었다.

"자네가 유비가 될 수 있음이야."

나는 바로 거절하지 않았다.

"생각해 보지 못한 제안이라 바로 대답을 드리지 못하겠습니다."

"그럼 언제까지 기다리면 될까?"

"합비를 떠나기 전에 말씀드리겠습니다."

"알겠네. 그런데 자네가 우리에게 온다면 절대 후회하

지 않을 것이야. 본교의 수뇌부가 된다면 부귀영화를 누릴 수 있거든."

나는 먼저 고개 숙여 몸을 돌렸다.

이야기를 더 들었다가는 구역질이 날 것 같았다.

'아니지. 내가 진정한 마도인이라면 이런 조건을 좋아해야 하는 거 아니야?'

돈과 명예, 미인을 안겨주겠다는데 싫어할 마도인은 없을 것이다.

'내 가치가 올랐다는 의미니 기분 나빠할 필요가 없지.'

나는 기분 상해할 이유가 없음을 알고는 마음 편히 먹기로 했다.

"야! 너 나 좀 잠깐 보자."

묘진홍이 갑자기 나를 잡아끌더니 호젓한 곳으로 안내했다.

"너한테 영입제안이 많이 들어오지?"

"응. 여기저기."

나는 굳이 감출 이유가 없어 솔직히 대답했다.

"철흑맹은 초량이 그렇게 당했으니 너를 영입하기 껄끄러울 것이니 제외하고. 백마교, 묵혈교가 적극적으로 너에게 조건을 제시했을 거야."

나는 고개를 끄덕였다.

"맞아."

"너 조건에 혹해서 아무 곳에나 가면 큰일 나."

"그건 내가 알아서 해."

"어? 안 간다는 소리는 안 하네?"

"내가 알아서 해."

내가 관심을 보이지 않자 묘진홍은 은근히 말했다.

"너 말이야, 혈웅맹으로 와. 그럼 내가 팍팍 밀어줄게."

"너 때문에라도 안 간다."

"뭐야? 이게 정말. 곱게 곱게 말하니까."

화를 내는 묘진홍을 향해 내가 노려보자 그녀는 순간적으로 움츠러들었다.

아마도 비무에서 본 내 무위가 떠올랐을 것이다.

그동안 나를 무시했지만, 막상 비무하는 모습을 보니 충격을 받은 모습이었다.

하긴 내 실력이 상상보다 더 높은 수준임을 확인했으니 그럴 만도 했다.

나는 온종일 이마이교의 장로들에게 시달렸다.

그 후 오지 않을 것이라고 여겼던 철흑맹에서도 장로가 와서 제안하고 갔다.

단주 급의 직위와 돈을 주겠다고 말했다.

그런데 그 제안을 초량이 먼저 제안했다고 해서 속으로 놀랐다.

'어쩌면 그는 내가 생각하는 이상의 그릇일 수도 있겠구나.'

나에게 패한 초량이 어떤 의도로 영입제안을 했는지 알 수 없지만, 그것은 내 예상을 뛰어넘었다.

또 하루가 지나고 나서는 나를 방문하는 장로들은 줄었다.

하지만 장로들은 묵혈교 지부를 떠나지 않았다.

할 일이 많은 이마이교의 장로들이 여전히 지부에 남아 있는 것은 나를 영입하기 위함임을 알 수 있었다.

나는 장로들과 마주치지 않으려고 운기조식한다는 핑계로 방에 틀어박혔다.

"나 좀 나눠주면 안 되겠니?"

내가 영단을 섭취하고 운기를 할 것으로 생각한 묘진홍이 내게 은근히 말을 건넸다.

"내가 왜?"

"그거 사실 내가 준 것이나 다름없지."

"어째서?"

"생각해 봐. 내가 빌려 준 패로 비무에 참가했으니까."

"이래서 사람이 측간 갈 때와 나온 후에 마음이 다르다고 하더니. 넌 분명 내가 비무에 대신 참가해 우승하면 영단은 내 것이라고 했어."

"그랬지. 그런데 그런 내가 고마워서 영단을 나눠주고
싶은 생각이 안 들어?"

"난 싫다고 했는데 네가 억지로 부탁한 거잖아. 그래서
안 고마워. 그리고 영단을 백랑에게 주면 주지 너와 나누
고 싶은 생각 없어."

내가 매정하게 말하자 묘진홍은 뭔가 섭섭해하는 표정
이었다.

"야, 준다고 해도 안 받아. 그냥 해봤는데 역시 넌 싸가
지 없는 놈이야."

묘진홍은 토라져서 씩씩거렸다.

"난 들어가서 영단을 먹고 운기나 해야지."

"운기 하다 주화입마나 걸려라!"

묘진홍은 저주를 퍼붓고 사라졌다.

나는 여을에게 백랑을 맡기고 침해월에게 가끔 내 거처
를 봐달라는 말을 하고 운기에 들어갔다.

영단을 입에 넣자 평생 먹어보지 못한 야릇한 맛과 향이
입안 가득 퍼졌다.

그리고 그것은 부드럽게 목구멍으로 넘어갔는데 일각도
되지 않아 단전에서 열기가 피어올랐다.

운기를 하지 않아도 저절로 단전 쪽으로 영기가 모여들
었다.

'허어, 영단 한 알로 반갑자의 공력을 얻을 수 있다고 하더니 거짓말 같지 않구나. 반쪽으로도 충분히 이십 년 가까운 공력을 축기할 수 있겠어.'

십 년 공력을 얻기가 얼마나 어려운지 아는 나는 이십 년 공력을 얻을 수 있다는 생각에 기뻤다.

혈첩을 수련할 시기에 구천맹에서 준비한 영단을 복용하기는 했어도 이 정도로 영기가 충만한 영단은 아니었다.

그래서 혈첩을 수련할 당시 온 산을 샅샅이 뒤져 좋은 약초를 캐 먹은 적이 있었다.

그래서 산삼 몇 뿌리 섭취한 적도 있었다.

하지만 산삼 이상의 약초는 보지 못했다.

온몸이 상쾌해지고 가벼워지는 느낌을 받으며 나는 운기에 빠져들었다.

눈을 뜨자 햇살이 창문으로 들어오고 있었다.

어제저녁에 운기 하기 시작했으니 하룻밤을 꼬박 새고 날이 밝은 것이다.

가만히 단전을 관조해 보니 적어도 삼십 년 가까운 공력을 얻었다.

이십 년 공력을 얻어도 큰 성공이라 여겼는데 삼 십 년 가까운 공력을 얻어 횡재한 기분이었다.

'진기가 완전히 가라앉으면 그동안 내가 궁리한 무공을

펼쳐봐야지. 얼마나 더 위력적인지.'

아직은 진기를 운용하기에는 영단의 기운이 약간 불안정했다.

영단을 복용하고 바로 수련을 하는 것은 바보짓이었다.

그만큼 위험한 것도 없었다.

세간에 알려진 것처럼 영단의 기운을 복용하고 바로 수련하는 것은 있을 수 없었다.

갑자기 늘어난 공력이 혈맥을 다치게 할 수도 있기 때문에 시간을 두고 안정을 시켜야만 했다.

공력을 축기하는 동안 몸속의 노폐물이 나와 몸에서 시큼한 냄새가 풍겼다.

나는 사람을 시켜 수욕을 준비해달라고 말하고 목욕탕으로 향했다.

무인들이 있는 곳은 수욕할 수 있는 목욕실이 준비되어 있어 좋았다.

그렇지 않으면 객잔에서나 목욕할 수 있었다.

나는 수욕을 하고 나서 식당에 가서 밥을 먹었다.

그리고 나서 나는 백랑을 데리러 여을의 거처로 향했다.

"백랑은 잘 있습니까?"

밖에서 말하자 여을이 백랑을 안고 나왔다.

"예, 잘 있어요. 그런데 반 호위님 얼굴에서 빛이 나는 것을 보니 큰 성취가 있었나 봐요."

"그렇게 보입니까?"

"예, 확실히 달라 보여요."

여을이 백랑을 넘겨주며 말했다.

"오늘 저녁이면 백랑에게 먹일 소 젖이 다 떨어질 것 같아요."

"그래요? 그럼 객잔에 가서 사와야겠군요."

큰 성도의 객잔은 소 젖을 팔기도 해서 그렇지 않아도 한 번 들러서 사 올 생각이었다.

"같이 가시겠습니까?"

내 물음에 여을이 좋아하다가 시무룩해졌다.

"아가씨가 악 공자를 치료 중이라 제가 곁에서 시중들 어야 해요."

악우명은 영단을 먹고 크게 좋아졌다. 하지만 아직은 잘 린 팔을 잘 다스려야 해서 범빙이 곁에서 지켜주고 있었 다.

다른 누구도 아닌 친우가 사모하는 남자이다 보니 신경 을 많이 써주었다.

"할 수 없군요. 다음에 갑시다."

내가 말하자 시무룩하던 여을이 얼굴이 펴졌다.

"그래요. 다음에."

합비에 와서 제대로 바깥구경 해보지 못했으니 좀이 쑤 실 것이다.

"그럼 난 객잔에 가서 소 젖 좀 사오겠습니다."

"예, 다녀오세요."

나는 소 젖을 담을 호리병 두 개를 들고 밖으로 나섰다.

합비는 안휘의 성도이다 보니 대로마다 객잔 하나가 있을 정도로 시장이 활성화되어 있었다.

그래서 굳이 힘들게 객잔을 찾을 필요가 없었다.

나는 쭉 돌아보다 가장 높은 객잔으로 향했다.

층이 높은 객잔은 그만큼 성업중이라는 뜻이고 그런 곳이라면 소 젖을 팔 가능성이 높았다.

주렴을 걷고 객잔 안으로 들어서자 점소이가 다가와 허리를 굽히며 말했다.

"어서 오십시오. 손님. 식사하러 오셨습니까?"

"그러네. 그런데 이곳에 소 젖을 파는가?"

"소 젖이요? 그럼요. 양 젖도 있습니다. 여인의 젖만 없을 뿐입니다."

제법 농까지 건네는 점소이는 수완이 좋아 보였다.

"자리를 안내하게."

점소이는 나를 이 층 객잔으로 안내했다.

"간단하게 요기만 할 것이네. 굳이 이 층으로 갈 필요는 없는데."

이런 큰 객잔의 이 층은 고급손님을 위한 장소였다.

점소이가 나의 어디를 보고 고급손님으로 파악했는지
알 수 없었다.

"헤헤헤, 소 젖을 사가는 분이 평범할 리는 없지요."

하긴 소 젖을 사려면 일반 서민의 벌이로는 어림도 없었
다.

나는 눈치 빠른 점소이에게 호리병을 내주며 말했다.

"이 호리병에 소 젖을 가득 따라오게. 그리고 요리는 이
객잔에서 잘하는 오리고기로 가져오고."

굳이 오리고기로 요기할 생각이 없었지만 나를 이 층까
지 안내한 점소이를 봐서라도 오리고기로 주문했다.

점소이는 그것 보라는 듯한 눈빛으로 나를 보더니 호리
병을 들고 내려갔다.

이 층에서 내려다보니 무인으로 보이는 자들이 일 층에
서 식사하고 있었다.

그들 중 한 명이 나직한 소리로 말했다.

나는 그들의 말을 굳이 듣지 않으려고 하는데 그들 중
한 명이 삼천무 이름을 꺼내 청력을 돋웠다.

난 처음으로 그들의 대화가 명확하게 들려 새삼 내가 공
력이 늘었다는 것을 실감했다.

그전이었다면 그들의 대화를 띄엄띄엄 들어야 했을 것
이고 이 층에서는 거의 알아듣지 못했을 것이다.

'공력이 일갑자와 일갑자를 넘는다는 것은 차원이 다른

것이로구나. 그래서 일갑자를 일류라 하고 일갑자 반을 초일류라 칭하는 것이구나.'

나는 새삼 영단을 흡수해 일갑자 반에 도달한다는 사실이 뿌듯해졌다.

그리고 묘진홍에게 은근 고마운 마음마저 들었다.

"자네, 안휘 삼천무의 우승자가 누구인지 들었나?"

"그럼. 벌써 안휘무림에 파다하게 알려졌던데. 모르면 바보지."

"난 생전 처음 들어보는 이름이던데. 마도에 그런 후기 지수가 있었나?"

"나도 처음 들어 본 이름이라 이곳저곳 수소문해 보았네. 거기서 직접 흘러나온 말이니 믿을만하네."

"그래? 그자가 대체 누군가?"

"듣고서 놀라지 말게."

이들은 나에 관해 대화를 나누고 있어 관심을 기울여 들었다.

"듣기로 그자는 의원의 일개 호위라고 하더군."

"뭐라고? 호위? 그것도 의원? 그게 말이 되나? 그런 자가 어떻게 뇌룡마검 육문비와 소신도 초량을 꺾을 수가 있단 말인가!"

무인 중 하나가 놀라서 목소리가 커졌다.

"쉿! 목소리를 낮추게. 더 놀라운 것은 그가 그 두 사람을 그리 힘들이지 않고 제압했다는 것이지. 뇌룡마검이 누군가 말이네. 구천맹 백의오룡중 대제자 뇌룡의검 이상선과 비견되는 마도의 고수가 아니었던가 말이네."

"자네 말이 사실이면 마도에서 잠룡 하나가 출현한 것이로군."

"그런데 그가 혈웅맹에 입맹할 것이란 소문이 있더군. 이미 이야기가 다 됐다는 말도 있고."

"그래?"

다른 무인이 끼어들었다.

"아니야. 내가 듣기론 백마교에 입교할 것이란 말을 들었네."

나는 그들의 대화를 듣고 어디서 내 정보가 흘러나왔는지 알 것 같았다.

백마교나 혈웅맹은 자신들에게 유리한 방향으로 나를 이끌고 싶어서 소문을 퍼뜨린 것 같았다.

마치 나를 그들 소속인양 이야기를 해서 사람들에게 알리면 내가 어쩔 수 없이 그쪽으로 갈 것으로 생각한 것이 틀림없었다.

헛웃음이 나왔다.

그런다고 내가 그들의 의도대로 움직일 것으로 생각하다니.

그들은 삼천무의 비무에 대해 소상히 알고 있는 편이었다.

안휘 삼천무의 비무가 외부로 새어나가 이미 안휘 무인들이 다 알고 있었다.

'며칠 사이에 이렇게 소문이 퍼졌나?'

의도적으로 소문을 내지 않으면 알 수 없는 것들도 많았다.

"그런데 그 호위란 자의 이름은 뭔가?"

그러다 무인 하나가 물었다.

"이름은 반설응이라고 하더군. 그리고 옥소마군(玉簫魔君)이라는 별호로 불리더군."

"옥소마군? 왜 그런 별호로 불리지? 옥소가 애병인가?"

"아니네. 평소에 옥소를 가지고 다니는데 그것을 병기 삼아 쓴다고 하는군. 애병은 따로 있다는 말을 들었는데 그게 무엇인지 잘 모른다고 하더군."

"뭐야! 그럼 애병도 아닌 평소 가지고 다니는 물건으로 뇌룡마검, 소신도를 꺾은 거란 말이야?"

좌중은 놀라며 고개를 흔들었다.

"그게 사실이면 마도에 대단한 후기지수가 등장했군. 신성이라 할 만해."

한 무인이 물었다.

"그런데 어째서 마군이라 칭하는 것이지?"

"듣고 놀라지 말게. 그가 누구의 호위인지 아나?"

"의원이라며?"

"그렇지. 그런데 그 의원이 그냥 평범한 의원이 아니야. 마성화 범빙이네."

"오!"

그들은 탄성을 발하며 서로 놀랐다.

"예전에 마성화가 옥소마군을 구해준 것이 있나 보더 군. 그래서 기꺼이 그의 호위가 된 것이라 하더군. 그래서 마도의 군자와 같다 해서 붙은 별호이네."

"어허! 마도에도 그런 자가 있다니 놀랍군."

설명하는 무인은 신 나서 떠들었다.

나는 그들의 대화를 들으며 정확히 누가 이런 소문을 퍼 뜨렸는지 알 수 있었다.

내가 거짓말로 한 말이 소문으로 떠돌 정도면 한 사람밖 에 없었다.

'묘진홍 이것이, 내 별호를 맘대로 짓고 소문을 내? 하 여간 인생에 도움이 안 된다니까.'

하지만 이상하게 옥소마군이란 별호가 그리 싫지가 않 았다.

솔직히 혈(血)이니 살(殺)이니 사(死)자가 들어간 흉명 (凶名)보다는 운치가 있어 다행이었다.

제11장
NEO ORIENTAL FANTASY STORY
재회하다

제 11 장
재회 하다

무인들은 그후 삼천무에 대한 이야기를 더 나눴는데 내가
초량과 육문비를 어떻게 이겼는지 싸운 장면을 설명했다.

'저들이 저렇게 소상히 알 정도면 안휘 무림은 이미 내
이야기가 파다하게 퍼져 있겠군.'

그 기분은 참으로 야릇했다.

무림에 입문하고 나서 나는 내 정체를 감춰야 하는 신분
으로 살아왔다.

그런데 지금은 비록 가짜 내력이나마 나를 드러내고 있
으니 묘한 감정을 느꼈다.

나는 그들의 대화에 청력을 거두려는 찰나 그들은 화제
를 바꾸었다.

"그런데 섬서에서 변고가 일어난 거 알아?"

"변고? 무가가 멸문했나 보지?"

대수롭지 않게 대꾸하는 동료 무인을 보고 질문을 한 무인이 고개를 끄덕였다.

"맞네."

"어떤 무가가 멸문당했는데?"

"아직은 잘 알려지지 않아서 모르겠는데 구천맹에서도 쉬쉬하는 것 같더라고."

"섬서에서 활동하는 내 친구에게 들었는데 한 무가가 하루아침에 사라졌다고 하더라고."

"그 정도면 얼마 안 가 무림에 알려지겠지."

"그러겠지."

섬서는 내 본가가 있는 곳이라 청력을 돋웠다.

화산파를 기점으로 한 무가가 많아 섬서무림도 많은 무가가 멸망하고 흥하기를 반복했다.

"멸망한 무가의 특징이 말이야."

한 무인이 목소리를 낮춰 말하는 바람에 나는 난간 쪽으로 머리를 내밀었다.

그때였다.

"아니! 반 소협 아닙니까!"

누군가 나를 보고 반색하며 다가왔다.

나는 아래 객층의 무인들 대화를 마저 듣지 못하는 것이 아쉽긴 해도 그리 큰 흥미는 없었다.

단지 본가가 있는 지역이다 보니 관심을 뒀을 뿐이었
다.

정말 뜻밖이었다.

이런 곳에서 유이연을 만나게 될 줄은.

"유 소저를 여기서 뵙는군요."

내가 웃으며 말하자 유이연을 따라 삼 층 객층에서 내려
오는 자들이 나를 바라보았다.

뇌룡의검 이상선, 화룡 백이염이 따라 내려왔다.

거기다 두 명이 더 있었는데 이 두 사람도 내가 알고 있
는 이들이었다.

"아니, 이게 누구야? 맹구 아니야?"

남궁묘윤이 나를 보며 활짝 웃었다.

"안녕하셨습니까?"

나는 그를 부군사 백리웅을 구할 때 봤지만, 그는 흑사
문을 떠날 때 이후 처음이니 내가 반가운 듯했다.

"맹구를 여기서 볼 줄 몰랐네."

갑자기 말을 하다 말고 정색했다.

"아니지. 맹구가 아니지. 요즘 안휘에서 자네 이야기를
빼면 할 이야기가 없을 정도네."

유이연은 신기한 듯 보며 남궁묘윤에게 말했다.

"남궁 당주님은 반 소협을 잘 아시나 봐요?"

그것도 그럴 것이 나는 흑사문 의원의 호위고 남궁묘윤은 남궁세가의 당주였기 때문이었다.

분명 반목하는 무림세력인데 서로 친분이 있어 보이니 궁금한 것이다.

"유 소저, 제가 일전에 말한 그 친구가 바로 반 소협입니다. 맹구라고 불리는 하인 말입니다."

"아! 그래요?"

유이연이 일전에는 볼 수 없는 미소를 보였다.

"호호호, 남궁 당주님이 정말 탐내던 하인이 반 소협이었군요."

남궁묘윤은 씁쓸한 표정으로 말했다.

"그런데 알고 보니 그는 내가 품을 수 없는 그릇이었던 것이죠. 일개 하인인 줄 알았던 이가 마도 최고의 후기지수라고 하는 육문비와 초량을 격파했으니 말입니다."

"큼!"

남궁묘윤과 유이연의 만담을 길어지자 뒤에서 누군가 헛기침을 뱉었다.

"아, 반 소협, 내 소개하지요. 본 세가의 후계자가 될 분 중 한 분입니다."

남궁자검은 앞으로 나서며 말했다.

"남궁세가의 남궁자검입니다."

나는 처음 대면하는 것처럼 인사했다.

"처음 뵙습니다. 반설응입니다."

나는 남궁자검과 인사를 하고 뇌룡의검 이상선과 백이염에게 시선을 돌렸다.

"여기서 또 뵙게 되는군요."

이상선이 담담한 미소로 포권을 하자 백이염이 입을 열었다.

"알고 보니 이처럼 대단한 분인 줄 몰랐습니다."

무언가 약간 꼬인듯한 어조였으나 나는 개의치 않았다.

"몰랐으면 이제부터 알면 됩니다."

내가 그녀의 조롱에 농으로 받아치자 사람들은 빙긋 웃었다.

유이연이 나를 보며 말했다.

"반 소협도 같이 가죠."

"어디요?"

내가 묻자 유이연이 이상선을 쳐다보았다.

그리고 이상선은 남궁자검에게 시선을 돌리는 것을 보며 이 일을 주재하는 자가 남궁자검임을 알았다.

시선을 받은 남궁자검이 말했다.

"이번에 구세화 유 소저와 뇌룡의검, 화룡이 오셨다고 해서 제가 좋은 자리를 마련했습니다. 특히 유 소저가 비파연주를 좋아하신다는 말을 듣고 합비에서 가장 유명한 연주자를 초청해 놓았습니다."

유이연이 말했다.

"제가 가능한 의학과 관련되지 않은 것은 좋아하지 않는데 비파연주만은 좋아해요. 합비에 왔는데 유명한 연주가가 있다는 말을 듣고 그냥 갈 수 없었지요."

남궁묘윤이 말했다.

"다른 사람이라면 이런 말도 안 할 거요. 유 소저와도 인연이 있고 나와도 인연이 있으니 같이 갑시다. 다른 분들 생각은 어떠신지요?"

뇌룡의검 이상선과 화룡 백이염은 굳이 날 배척할 이유가 없다는 표정으로 고개를 끄덕였다.

"그럼 됐소. 갑시다. 반 소협이 마도에 몸을 담고 있으나 마도인이라고 하기에도 뭐하니 말이오. 그리고 은혜를 갚기 위해 저 정도 고수가 일개 호위가 되었다고 하니 교류해도 괜찮은 사람이라 생각되는군요."

남궁묘윤은 나에게 호감을 느낀 사람이라 같이 가길 원하는 듯했다.

그리고 이들이 말하는 것을 보니 이미 내 소문은 모두 알고 있는 것 같았다.

유이연이 말을 받았다.

"내가 반 소협과 인연이 있었더라면 지금쯤 반 소협은 내 호위가 되었을 텐데 말입니다. 정말 아쉽습니다."

유이연은 정말 아쉬운 표정으로 말해서 그 말이 진심처

럼 보였다.

"그런 안타까움을 이번에 풀어 보라고 반 소협을 보내 주신 것 같군요."

남궁묘윤이 이끌다시피 해서 나를 객잔의 별채로 안내했다.

남궁자검이 별채로 걸어가며 말했다.

"본래 본 세가에 초청해서 유 소저를 모셔야 하지만 곧 떠난다고 하시니 이런 조촐한 자리를 마련한 것입니다."

내가 알기로도 이들은 뭔가 급해 보이던데 남궁자검의 초청에 응한 게 의외였다.

유이연은 순진하게 대답했다.

"괜찮아요. 제가 가는 것이 아니라 이곳으로 오셔야 하니 기다려야 하거든요."

유이연이 뭔가 더 말을 하려고 하자 이상선이 말을 막았다.

"유 소저, 발밑에 웅덩이가 있습니다. 조심하시죠."

마침 웅덩이가 있기도 했지만 유이연이 실언하는 것을 막는 경고이기도 한 말이었다.

그 말에 자신의 실수를 의식한 유이연이 뜨끔해하는 표정을 보았다.

우리는 객잔의 별채로 안내되었는데 한적한 것이 우리 때문에 다른 별채 손님을 받지 않은 것 같았다.

그것으로 남궁자검이 이들을 매우 신경 쓰고 있다는 것을 알 수 있었다.

남궁자검이 만약 남궁세가의 가주로 올라선다면 이들의 도움은 필수적이기 때문에 미리 호감을 얻어 놓으려는 수작이었다.

"안으로 드시죠. 악사가 먼저 기다리고 있습니다."

방으로 들어가자 음식이 차려져 있고 악사가 비파를 안고 앉아 있었다.

악사의 얼굴은 면사로 가려 보이지 않았다.

"악사가 무엇 때문에 얼굴을 가리는 것이지?"

백이염은 약간 의아해 물었다.

그러자 남궁묘윤이 대답했다.

"저 악사가 그래서 유명합니다. 항간에는 추면미음(醜面美音)이라 불리지요."

백이염이 물었다.

"실제로 얼굴이 추하여서 면사를 한 것이란 말입니까?"

남궁자검이 빙긋 웃으며 대꾸했다.

"그게 아닙니다. 사람들은 저 악사의 얼굴을 볼 수 없으니 불평 어린 마음으로 그런 말을 하는 것이죠. 실제로 본 사람이 없다고 합니다. 얼굴을 보여주지 않으니 추해서 그럴 것이라고 호사가들이 떠드는 것이죠. 그러나 그 연주 솜씨는 누구도 따라올 수 없어 미음(美音)이라 하는 것이고요."

"나름 악사치곤 전략이 뛰어나군요."

백이염은 악사가 자신의 이름을 알리기 위해 계획한 것으로 생각한 것이다.

그녀에게는 그녀의 얼굴은 궁금하지 않았다.

다만 사형이 좋아하는 음률을 얼마나 잘 타는지 그것이 궁금했다.

음식은 차렸지만 이미 객잔에서 식사를 한 일행은 상을 치우게 하고 차를 내오라 주문했다.

잠시 후 차가 나오자 뇌룡의검 이상선이 입을 열었다.

"가인(佳人)께서는 곡을 들려주시지요."

이상선은 예의 바른 목소리로 말했다.

그 말에 악사는 가늘고 긴 흰 손가락으로 비파를 타기 시작했다.

아름다운 음률이 방안에 흐르자 이상선은 눈을 감고 감상하고 백이염은 차를 음미하여 고개를 끄덕였다.

대사형을 보필하며 다니다 가끔 이렇게 유명한 악사를 청해 음을 듣는데 익숙한 것이다.

남궁자검과 남궁묘윤도 소문만 들었던 추면미음의 솜씨에 감탄하며 바라보았다.

유이연도 의술 말고 좋아하는 것이 음(音)으로 스스로 비파를 탈 줄 아는 수준이었다.

223

그러다 보니 음을 타는 가인의 수준이 얼마나 높은지 경탄하지 눈빛이었다.

나는 가인의 곡을 들으며 그 뛰어난 연주 실력에 놀랐다.

'지금까지 퉁소를 익히며 많은 가인을 만나봤지만 이처럼 뛰어난 이는 처음이로구나.'

추면미음이란 유명한 가인의 연주를 들으니 청계(廳界)가 넓어지는 것 같았다.

일각 가량의 탄주가 마치자 좌중에서는 감탄사가 흘러나왔다.

"하아, 정말 연주가 일품이군요."

이상선은 만족한 얼굴로 고개를 끄덕였다.

이 자리를 주재한 남궁자검은 향후 구천맹을 이끌 후계자가 마음에 들어 하는 것 같자 덩달아 흡족해하는 표정이었다.

"다음 곡도 기대됩니다."

이상선이 말하자 처음으로 악사가 입을 열었다.

"다음 곡은 제가 천하의 십대명차를 두고 지은 곡입니다. 또한, 이 곡은 어릴 적 제가 좋아한 사람을 그리워하는 곡이기도 합니다."

"아, 추억과 그리움이 담긴 곡이군요. 기대됩니다."

악사가 말을 하고 탄주했다.

"곡목은 용정차(龍井茶)입니다."

악사가 용정차를 주제로 탄주하는데 그야말로 깔끔한 용정차 한 잔을 마시는 것 같은 느낌의 곡이었다.

잠시 후에 악사의 입에서 다시 고운 목소리가 흘러나왔다.

"백호은침(白毫銀針)."

백호은침을 탄주하자 이상선은 저도 모르게 탄성을 발했다.

쓴맛은 적고 약간 단맛이 나는 백호은침의 맛을 그대로 표현한 곡이었다.

"아, 마치 백호은침의 향이 나는 것 같구나."

경지에 이른 탄주 솜씨에 좌중은 모두 감탄을 터뜨렸다.

나 또한 조용히 차를 음미하듯 연주를 감상했다.

곧이어 악사의 입에서 차 이름이 나왔다.

"군산은침(君山銀針)."

군산차는 당대부터 시작한 차로 역사가 오래된 차인데 맛이 부드럽고 달고 상쾌한 것이 특징인 차였다.

나는 차례로 나오는 차 이름을 들으며 문득 어릴 적 추억 하나를 떠올렸다.

'나와 늘 붙어 다니던 계집애는 잘 지내려나?'

악사의 연주는 나를 추억으로 이끌었다.

어릴 적 고가장의 말썽꾸러기 고결하가 떠올랐다.

'그놈도 십대명차 이름으로 검법을 만든다고 했지. 만약 그런 무공을 구사하는 자가 있다면 바로 자기이니 찾아오라고 하던 엉뚱한 놈이었는데.'

나는 모처럼 어릴 적 추억을 떠올리며 감상에 젖었다.

나는 그러다 문득 그런 생각이 들었다.

'가만, 혹시 이 악사가 고결하와 연관이 있는 거 아니야? 얼굴을 보면 알 수 있을 것 같은데. 백의오룡 중 두 명과 남궁세가의 차기 가주가 있는데도 얼굴을 드러내지 않으니 내 청에 면사를 거둘 리도 없고.'

나는 지금까지 전혀 궁금하지 않던 추면미음의 얼굴이 보고 싶어졌다.

물론 추면미음이 고결하일 가능성은 적으나 그래도 혹시 하는 마음으로 확인하고 싶었다.

나는 곡이 끝나기를 기다렸다.

곡이 끝나자 이상선은 손뼉을 치며 찬사를 던졌다.

"최근에 들었던 연주 중 가장 뛰어납니다. 이곳에 온 보람이 있군요."

백이염도 사형이 좋아하자 만족해하는 얼굴이었다.

나는 악사에게 고결하라는 이름을 던져 반응을 살펴보려는 순간에 누군가 갑자기 비파를 들고 들어왔다.

"이번에는 합주할까 합니다."

추면미음의 말에 이상선은 좋아하며 대꾸했다.

"오! 두 명의 뛰어난 가인의 연주라면 꼭 들어보고 싶습니다."

남궁자검이 말을 덧붙였다.

"저기 있는 추면미음이라는 악사와 함께 합비에서 유명한 악사입니다."

남궁자검은 슬쩍 생색을 내었다.

그런 생색을 모른척하기에는 이상선은 기분이 좋아 보였다.

"고맙소. 아주 훌륭한 가인들입니다. 남궁 공자께 감사드리오."

남궁자검은 활짝 웃었다.

하지만 나는 그럴 수 없었다.

나중에 들어온 악사는 면사를 쓰고 있지 않아 얼굴을 알아보았다.

내가 앉은 자리가 안쪽에 있다 보니 악사는 나를 보지 못해도 나는 악사를 볼 수 있었다.

'당소소가 여기에는 무슨 일로?'

이름도 실명인지 알 수 없는 흑오인 당소소였다.

흑사문을 떠날 때 내게 무언가 말을 남기려다 말고 떠난 흑오였다.

정말 뜻밖의 장소에 보게 되어 나는 당황스러웠다.

그리고 나는 자연적으로 시선이 유이연에게 향했다.

'당소소도 혹시 유이연을 노리고 온 것인가? 아니면 뇌룡의검? 아니면 남궁자검?'

여기 있는 자들이 모두 흑오의 목표대상이라고 볼 수 있었다.

하나하나 백도무림에서 중요한 위치를 차지하고 있는 사람들이었다.

하지만 나는 유이연을 죽이려는 자들이 있다는 것을 알기 때문에 제일 먼저 유이연을 떠올렸다.

여기 있는 자들은 모두 제 한 몸 건사할 수 있는 수준의 무인들이라 나는 유이연을 가장 신경 썼다.

'아무래도 이들에게 전음으로 경고를 해야겠구나. 다른 이들도 아니고 흑오라면 유이연을 죽이고 도주할 있어. 지금은 당소소를 봐줄 때가 아니야.'

내가 그 생각을 하고 이상선과 백이염에게 전음을 보내려는 순간 악사가 입을 열었다.

"소녀는 오랫동안 연주를 할 때 면사를 풀지 않았습니다. 하지만 오늘은 귀한 손님들을 맞아 얼굴을 가리고 연주하는 것은 예가 아닌 것 같아 면사를 풀겠습니다."

뇌룡의검 이상선이 대꾸했다.

"가인이 원치 않으면 면사를 풀지 않아도 됩니다."

과연 이상선은 대인의 풍모가 풍기는 사내였다.

추면미음이라는 악사의 얼굴이 궁금할 텐데 억제하는

것을 보면 구천맹 맹주의 대제자 다운 모습이었다.

"말씀은 고마우나 귀한 손님들께 예가 아닌 것 같습니다."

나는 이상한 생각이 들었다.

'확실히 이 두 악사는 누군가를 암살하기 위해 온 것이구나. 그렇지 않으면 스스로 면사를 풀겠다고 할 이유가 없지. 추면미음이 면사를 풀어 사람들의 관심이 자신에게 모였을 때 그들의 방심을 틈타서 당소소가 유이연을 죽이려고 하는 것이야.'

이러한 수법은 다른 이는 모르나 나 같은 혈첩에게는 눈에 보이는 수법이었다.

'당소소가 흑오이니 추면미음도 흑오일 가능성이 크다.'

상황이 급박하게 흘러가 나는 이상선과 백이염 등에게 전음을 보내려는 순간이었다.

"음!"

그때 추면미음이 면사를 풀었는데 좌중에서 탄성이 흘러나왔다.

"어째서 면사를 쓰고 있었는지 알겠구나."

남궁묘윤이 가장 먼저 탄성을 발하자 이상선이 이해가 된다는 듯 턱을 주억거렸다.

"미모에 가려 사람들이 음을 제대로 듣지 못할 것 같아 얼굴을 가린 것 같군."

화룡 백이염이나 구세화 유이연만 해도 대단한 미인들이었다.

그러나 추면미음은 그녀들과 차별되는 것이 하나 있었다.

청초함이었다.

한 떨기 수선화 같은 느낌을 자아내는 자태는 사람의 마음을 설레게 했다.

그리고 나는 다른 의미로 가슴이 떨렸다.

'맙소사, 설마 했더니 정말 고결하인 거야?'

어릴 적 이목구비가 아직도 남아 있어서 나는 금방 알 수 있었다.

어릴 때에도 고결하의 미모는 뛰어났는데 고결하가 남장을 주로 해서 사람들이 잘 알지 못했다.

사실 내가 고결하와 친해진 계기도 남장을 한 고결하와 싸우게 되면서부터였다.

나는 싸우다가 고결하가 여인이라는 것을 알게 되고 고결하가 그 비밀을 지켜달라는 의미로 내게 복종하게 되었다.

그 당시는 고결하가 남장을 하고 뛰어놀아 모두 잘생긴 소년으로 알고 있던 때였다.

그 덕분에 나는 고결하와 많은 추억을 쌓을 수 있었다.

하지만 고결하는 나를 알아보지 못할 수도 있었다.

십 년 동안 체형이나 얼굴이 변해 어릴 적 모습이 거의 남아 있지 않았다.

'역시 십대명차로 곡을 만든 것을 보면 고결하도 어릴 적 나와 한 약속을 잊지 않았구나.'

그러다 보니 나는 이상선과 백이염에게 전음을 보내지 못했다.

하지만 가만두면 두 명의 흑오가 유이연에게 살수를 쓸 것은 자명한 사실이었다.

그때 내가 일어나 말했다.

"두 분의 곡을 들으니 흥취가 돋지 않을 수 없습니다. 소생이 퉁소를 불 줄 아는데 합주를 해보는 것은 어떨는지요?"

나는 일어나 천천히 일어나 유이연 옆으로 다가갔다.

당소소는 내가 있는 것을 알고는 흠칫하고 놀라는 눈빛이었다.

'네가 여긴 왜 있는 거야?' 이런 의문을 담고 나를 쳐다보았다.

추면미음이 물었다.

"퉁소를 가지고 계시나요?"

나는 허리춤에 찔러 넣어 둔 구중을 꺼내 들었다.

추면미음은 내 구중을 보더니 감탄을 터뜨렸다.

"오! 옥소로군요. 하지만 옥소로 소리를 내는 것은 대단히 어려운 일인데."

"제가 제법 불 줄 압니다."

그 말을 하자 남궁묘윤이 뭔가 자랑스럽다는 듯한 어조로 말했다.

"악사는 모르겠지만 이 분은 요즘에 떠오르는 신성입니다. 옥소마군이라고 들어보셨는지요?"

"옥소마군!"

추면미음은 놀랍다는 눈으로 나를 새삼 쳐다보았다.

"물론 들어보았지요. 요즘 어딜 가나 옥소마군 이야기가 들려옵니다. 그리고 저는 옥소가 음을 불기 위한 것인지 아니면 병기인지 궁금하기도 했었습니다."

나는 씁쓸한 마음을 감추지 못했다.

나는 고결하를 한눈에 알아보았는데 고결하는 나를 알아보지 못했다.

그것이 이상하게 섭섭한 마음이 들었다.

슬쩍 당소소를 보니 미간을 찌푸리며 뭔가 생각을 하는 듯했다.

자세히 살펴보니 추면미음의 눈동자가 흔들리는 것을 보고 당소소가 전음으로 상황을 알리는 것 같았다.

그리고 두 사람은 이윽고 마음을 정했는지 추면미음이 말했다.

"옥소마군이라 불리는 분과 합주를 할 수 있다니 소녀의 영광입니다."

그리 말하고 뒤에 있는 당소소에게 말했다.

"그만 물러가시게. 합주는 나 하나면 충분하네."

그러자 당소소가 조용히 물러 나가며 나를 쳐다보았다.

나는 그녀의 시선을 마주치지 않고 유이연 옆에 앉았다.

"합주하려면 서로 보고 해야 하니 이 자리가 좋을 것 같습니다."

나는 명확하게 당소소에게 내 의지를 전했다.

내가 유이연을 지킬 것이라는 뜻을.

나는 또 한가지 놀랐다. 고결하가 흑오인 당소소에게 하대를 하는 것을 보면 고결하의 직위가 생각보다 높아 보였다.

당소소가 입술을 실룩거리더니 조용히 빠져나갔다.

고결하는 유이연을 암살하려는 의도를 버린 듯 담담한 신색을 유지했다.

제 12 장
NEO ORIENTAL FANTASY STORY
의외의 방문자

의외의 방문자

"어떤 곡으로 할까요?"

추면미음이 내게 물었다.

"월하독작이 어떨까요?"

추면미음은 난색을 표했다.

"어렵지 않을까요? 죄송한 말이지만 지금까지 월하독작
을 통소로 제대로 부는 악사를 만나보지 못했습니다."

월하독작(月下獨酌)은 중국 당나라 시인 이백(李白)의
시로 모두 사수(四首)로 이뤄진 시였다.

이 시에 곡을 붙여 한때 당나라 때부터 유행하며 곡이
발전했는데 연주곡으로 가장 난해하다는 평을 들었다.

그래서 뛰어난 악사라 해도 웬만해서는 월하독작을 연

주하지 않았다.

그런데 악사도 아닌 자가 월하독작을 합주하자고 하니 추면미음은 어이가 없는 것이다.

자신이야 자신 있지만 옥소마군이라 자의 실력을 믿을 수 없었다.

실력을 알 수 없는데 합주해서 자신의 명성만 떨어질 것을 걱정했다.

음을 좋아하는 이상선이 찬동하며 나섰다.

"아, 근자에 들어 월하독작을 들어보지도 못했을 뿐 아니라 합주곡은 들어보지도 못했습니다. 만약 월하독작을 합주로 들을 수 있다면 이 몸의 영광이겠습니다."

추면미음은 어쩔 수 없다는 듯 말했다.

"청하시니 어쩔 수 없겠군요. 몇 수로 연주할까요?"

모두 사수로 이뤄진 월하독작이다 보니 몇 수의 곡으로 할 것인지 물었다.

"일수(一首)로 하지요."

"그럼 제가 먼저 탄주하겠습니다."

여전히 내가 못 미더운지 추면미음은 나를 힐끔거렸다.

나는 구중을 입에 대고 준비했다.

띠리리리링!

추면미음이 현을 위에서 아래로 훑어내리면서 음을 내

기 시작했다.

그때 내가 구중을 불며 따라가자 추면미음은 나를 상당히 놀란 눈으로 바라보았다.

음이 정확하고 깨끗하기 때문이었다.

그리고 내가 월하독작을 안다고 생각했는지 곡에 빠져 연주하기 시작했다.

나 또한 모처럼 월하독작을 불며 오래간만에 음에 빠져들었다.

혈첩을 수련할 때 퉁소를 불며 월하독작에 심취한 적이 있었다.

혈첩 수련이 끝날 때 월하독작 사수를 모두 완주하리라 마음먹었고 혈첩 수련이 끝날 때 완주할 수 있었다.

이미 죽은 사호가 말하길 나보고 혈첩보다 악사를 하는 게 더 좋을 것 같다고 조언을 할 정도였다.

일수가 모두 끝났는데도 추면미음은 연주를 멈추지 않았다.

그녀는 이수도 알고 있느냐? 하고 묻는 것 같았다.

나는 구중을 떼지 않고 이수를 연주했다.

구중은 만년한옥강으로 만든 옥소라 그 소리가 청아하기 이를 데 없었다.

이수가 끝나자 좌중에 장탄식이 흘러나왔다.

"좋구나."

월하독작은 봄날의 밤에 달과 그림자를 벗 삼아 홀로 술을 마시는 시인은 정취에 젖어 있지만 지기(知己)를 만나지 못해 홀로 술을 마시는 외로움을 토로하는 시였다.

그 때문에 정취가 가득하나 외로움과 쓸쓸함이 극대화된 곡이었다.

삼수가 이어지고 나와 추면미음은 월하독작 사수까지 완곡을 연주했다.

연주가 끝이 나자 방안은 쥐 죽은 듯 고요했다.

그러다 이상선이 입을 열었다.

"아, 이 곡을 우리만 듣는다는 것이 죄를 짓는 것 같습니다."

"동감입니다."

남궁자검이 찬동하자 모두 고개를 끄덕였다.

이런 뛰어난 연주를 자신들만 듣는 게 미안할 지경이었다.

추면미음이 나를 물끄러미 쳐다보다 일어나 갑자기 살포시 절을 했다.

"소녀가 지금까지 월하독작을 합주하고 싶어도 같이 합주할 사람이 없었사온데 오늘 이렇게 합주를 하게 되어 소원이 풀렸습니다. 옥소마군께 감사의 절을 올립니다."

나는 멋쩍은 듯 웃었다.

"하하하, 무슨 소리 하시는 겁니까? 소생이 오히려 복을 누렸소이다. 그야말로 월하독연(月下獨演)하기 일쑤였는데 오늘 소생 또한 원을 풀었습니다."

추면미음이 말했다.

"소협의 존함을 물어도 될는지요?"

그녀의 말에 남궁묘윤의 의미심장한 눈빛으로 말했다.

"이제껏 추면미음이 사내의 이름을 물어본 적 없다는 말을 들었는데 이거야말로 오늘 여러모로 놀라는구려."

"지음(知音)이라 하였습니다. 모처럼 지음을 만나 기쁘기 그지없고 그 지음의 존함을 알고 싶을 뿐이었습니다."

나는 고결하가 저렇게 조신한 여인으로 변한 것이 믿어지지 않았다.

다만 그녀가 흑오와 연관이 있다는 것이 안타까웠다.

"반설웅이라 하오."

나는 내 이름을 말하고 구중을 다시 허리춤에 찔러 넣었다.

추면미음은 서운하다는 듯 물었다.

"소녀의 이름은 묻지도 않으십니까?"

나는 이미 그녀의 이름을 알고 있기에 묻지 않았다. 그런데 그것이 그녀에게 서운함을 준 것이다.

"가인은 이미 유명한데 이름을 물어 무엇하겠소?"

"그럼 저를 찾아오실 수 있으시겠군요."

"월하독작을 합주하고 싶어진다면 소생이 찾아뵈오리다."

다른 이들의 이목은 신경도 쓰지 않고 우리 둘이 정담을 나누듯 하자 남궁묘윤이 말했다.

"이러다 두 사람 정분이 나겠소."

그 말에 추면미음이 생긋 웃으며 대꾸했다.

"본래 지음은 평생 한 번 만나기 힘듭니다. 그래서 소녀가 무례를 범했습니다. 이해 바랍니다. 그럼 이만 소녀는 물러가겠습니다."

추면미음은 나를 한번 쳐다보고 비파를 들고 나갔다.

그녀가 사라지자 좌중의 시선이 모두 내게 쏠렸다.

"허어, 내 추면미음이란 가인이 누군가에게 이렇게 열렬히 구애하는 것은 처음 보는군요. 추면미음은 연주만 하고 물러나는 것으로 유명한 가인인데. 거기다 추면미음의 얼굴까지 봤으니 오늘 운수대통했소이다."

남궁묘윤은 안휘의 사정에 밝아 추면미음에 대한 소문을 많이 들을 수 있었다.

이들의 시선뿐 아니라 백이염과 유이연도 나를 보는 시선이 매우 부드러워졌다.

유이연은 만날 때부터 내게 호감을 느끼고 있었지만 화룡 백이염은 나를 약간 다른 시선으로 바라보았다.

"그대는 정말 마도에 있기에는 아까운 분이네요."

남궁묘윤이 그 말을 받았다.

"그렇지요. 은혜를 알아 스스로 하인이 되고 실력을 숨길 줄 아는 겸손함이며 몸가짐 또한 백도의 동량으로 손색이 없지요. 흑사문에서 치료받을 때 유독 저 친구가 우리에게 친절을 베풀었지요. 스승이 백랑비마라 하나 그 백랑비마가 본래 마도에서는 협객으로 유명했던 사람이지요. 역시 그 스승에 그 제자라 할 수 있습니다."

"과찬의 말입니다."

내가 겸양을 떨자 남궁묘윤이 그것 보라는 듯 말했다.

"이것 보시오. 마도의 인사를 칭찬하면 이렇게 겸손을 떠는 것을 보았소? 거만하게 굴면 굴었지. 바로 이런 면이 반 소협이 마도 인사 같지 않다고 하는 것이네."

나는 그의 말을 듣고 미소 지었다.

"우주가 어둠과 빛으로 탄생 되었고 생명은 음과 양으로 태어나는 법이지요. 백도가 양이라면 마도는 음이니 무림은 이 두 가지 성질로 이뤄지는 것 아니겠습니까? 그러니 굳이 백도니 마도니 하며 서로 배척할 까닭은 없다는 생각입니다. 음과 양이 서로 배척하면 우주와 생명은 탄생조차 하지 않았을 것 아닙니까? 서로 성질은 다르나 본질은 같으니 융합해야 할 것입니다."

남궁묘윤이 대꾸했다.

"무림인들이 반 소협처럼 생각한다면 어찌 다툼이 있을 것인가 말이네. 하지만 대저 힘을 가진 자들은 군림하고 싶어하고 지배하고 싶어하지. 거기다 무림은 그 힘이 초인적이고 초월적이다 보니 편을 가르고 서로 대적하려고 하는 것이네. 힘을 숭앙하면 필연적으로 따를 수밖에 없는 것이지. 인간은 비교하면서 경쟁하고 발전하는 것이지. 백도와 마도가 갈라서지 않았다면 어찌 지금의 무학이 존재하겠는가. 그래서 나는 무인을 평가할 때 출신으로 평하지 않고 의와 협을 지니고 있는가 아닌가로 판단하네."

가장 연장자인 남궁묘윤의 말에 이상선이나 백이염은 잠자코 듣기만 했다.

마도라면 불에 불을 켜고 달려드는 화룡 백이염은 이때만큼은 조용히 경청하고 있었다.

뭔가 느끼는 바가 있는지 생각하는 눈치였다.

"뭐, 반 공자 같은 자들이 마도인이라면 사귀어 볼 만하지요. 하지만 대부분의 마도인은 무뢰배이지요."

"하하하, 사매에게 그런 말이 나올 줄 몰랐는걸. 마도인이라면 항상 사라져야 할 존재로 생각하던 사매였는데."

이상선의 말에 백이염이 살짝 눈을 흘기고 차를 마셨다.

그때였다.

"대공자님."

누군가 밖에서 이상선을 부르자 말했다.

"잠시 나갔다 오겠습니다."

이상선은 밖에 나가 들어오더니 유이연에게 시선을 던졌다.

그러자 말이 없어도 유이연은 일어섰다.

이미 이들은 무언가 약속이 되어 있는 것 같았다.

"반 소협, 일이 있어 가봐야 합니다. 오늘 우연히 만나 즐겁게 보냈습니다. 언젠가 꼭 반 소협의 통소를 다시 듣고 싶습니다."

"알겠습니다."

나는 못내 아쉬움을 표하는 유이연에게 미소를 보여주었다.

이상선이 남궁자검을 향해 포권했다.

"여기서 남궁 공자에게 작별인사를 드려야겠습니다."

남궁자검은 포권으로 인사했다.

"급한 일이 있는 것 같으니 어서 가보십시오. 일이 끝나면 본 세가에 들려주십시오."

"그렇게 하겠습니다."

이상선이 포권하며 물러나자 백이염도 수인사를 나누고 그의 뒤를 따랐다.

나와 남궁자검, 남궁묘윤만 덩그러니 남게 되었다.

남궁자검은 나를 보며 말했다.

"이상하게 반 소협을 어디선가 본듯한 느낌입니다. 그리 낯설지 않습니다."

부군사 백리웅을 구출할 때 같이 있었으니 내 눈빛이 익숙한 것 같았다.

"나도 그러네."

남궁묘윤도 동감을 표했다.

"하하, 제가 흔한 얼굴이라서요."

나는 그렇게 얼버무렸다.

헤어질 때가 되자 남궁묘윤이 무언가 아쉬운 표정이었다.

"흑사문을 나올 때 자네를 아예 끌고 왔어야 했는데. 그랬다면 본문에 대단한 고수를 영입한 것이나 다름없었을 것이야. 그때 생각하면 정말 아쉬워. 그랬으면 자검이를 옆에서 도와줄 수 있었을 텐데."

나는 그런 남궁묘윤의 마음이 고마웠다.

나의 마음을 보고 남궁세가로 데리고 가려고 한 사람이었다.

하인이던 신분도 꺼리지 않고 남궁세가의 무사로 키워주겠다고 하던 사람이라 호감이 갔다.

"몸을 담은 곳은 다르지만, 가끔 보세나."

"네, 그러지요."

대답하고 궁금한 것을 물었다.

"그런데 유 소저와 뇌룡의검은 어딜 가는 겁니까?"

나는 그들이 그 사실을 알고 있다고 해도 내게 말해주지 않을 것을 알고 있었다.

"나도 잘 모르네. 상당히 중요한 분을 치료하려고 하는 것 같네. 그들이 말을 안 하니 우리도 모르네."

"그렇다면 여기서 여흥을 즐길 시간이 없었을 텐데 말입니다."

"음, 여기로 오기로 했나 보더군. 그래서 그들을 기다리고 있었는데 우리가 대접한다고 이곳으로 모신 거지."

"아, 그렇게 된 것이로군요."

남궁묘윤은 나를 믿어서인지 알고 있는 사실을 말했다.

"다음에 보세."

나는 두 사람과 헤어지고 어디로 갈지 생각했다.

당연히 백마교 지부로 돌아가야 하는데 머릿속은 고결하를 찾아가 보고 싶었다.

하지만 걸림돌이 있었다.

'그녀는 흑오이거나 연관이 있어. 내가 만나 봐야 오히려 더 꼬일 뿐이야.'

나는 내 신분을 생각하지 않을 수 없었다.

이제는 그저 단순히 어릴 적 같이 놀던 친구가 아니었다.

서로 그리워할 만큼의 추억을 가지고 있다는 것이 마음에 걸릴 뿐이었다.

더욱이 고결하가 나를 알아보지 못하는데 굳이 가서 내가 정체를 밝히는 것도 웃기는 일이었다.

'만날 인연이 아니었나 보지.'

나는 좀 더 편하게 생각하기로 했다.

지부로 돌아온 나는 백랑에게 젖을 먹였다.

백랑이 배가 고팠는지 걸신들린 듯 젖을 핥아 먹었다.

"왜 이렇게 늦은 거야?"

묘진홍이 뒤에서 팔짱을 끼고 물었다.

"뭐가?"

"젖을 사러 간 놈이 한시진이 지나도 안 오니까 하는 말이지."

"근데 그걸 왜 네가 걱정하는 거야? 너 나 좋아하니?"

내가 묻자 묘진홍은 무슨 말도 되지 않느냐는 얼굴로 손사래를 쳤다.

"야! 집 나간 개도 안 보이면 걱정하는 법인데 사람이 오랫동안 보이지 않으니 걱정한 거지. 그런 걸 가지고 좋아하느냐고 묻는 네가 미친놈이지."

범빙이 지나가다 우리가 티격태격하는 모습을 보고 말했다.

"두 사람은 정말 친해 보여."

"야! 넌 이게 친해 보이니? 싸우는 거지."

248

"난 네가 투정부리는 것으로 보이는데."

"뭐야! 너까지 정말 그럴래!"

묘진홍이 쌍심지를 켜며 말하자 범빙이 빙긋 웃으며 사라졌다.

묘진홍이 씩씩거리며 사라지고 나자 나는 웃음이 나왔다.

묘진홍도 처음 봤을 때보다 많이 밝아졌다.

처음에는 누군가를 할퀴기 위해 발톱을 세운 고양이처럼 날카로운 기세가 강했다.

누구 하나 걸려봐라, 죽여줄 테니 하는 느낌이 강했는데 지금은 사랑스러운 고양이로 변한 것 같았다.

거기다 범빙도 많이 변한 것이 보기 좋았다.

범빙을 처음 만났을 때는 의원의 본분에 충실한 의원일 뿐이었다.

하지만 지금은 의원이기도 하지만 여인이기도 해서 묘한 매력을 풍겼다.

웃음도 많아졌고 다른 이들과 의술에 관한 이야기가 아니면 말을 터 놓지 않았는데 이제는 농을 할 정도로 대인관계도 좋아졌다.

최근에는 다만 침해월이 좋아하는 악무영이 크게 다쳐 치료하는데 전념해서 그렇지 예전에 비해 많아 밝아졌다.

그런데 사실 지금에서야 깨닫는데 그들보다 가장 많이 변한 사람은 나였다.

이들과 부대끼며 살며 내 정체성마저 잃어버릴 정도로 이들과의 삶에 푹 빠져 있었다.

임무도 임무려니와 이들과 거의 동화가 되어 버렸다.

그래서 내가 혈첩이 아니라 호위무사고 종가장의 종묵이 아니라 백랑비마의 제자 반설응으로 착각될 정도였다.

아마도 이 생활이 그 어느 때보다 만족스럽기 때문일 것이다.

'이러다 정말 나 반설응으로 살아가야 하는 거 아니야?'

걱정되기도 했지만 그런 걱정은 사실 가슴 밑바닥에 가라앉고 이 생활이 재미있어 즐기고 싶은 마음이 가슴 위로 부유하고 있었다.

확실히 개나 고양이 같은 동물들은 하루가 다르게 자라는데 백랑은 눈을 뜨고 걸어 다니기 시작하면서 빠르게 성장했다.

소 젖뿐만 아니라 이제는 약간의 곡식을 먹고 익힌 고기를 먹을 수 있는 단계까지 올라왔다.

백랑은 개나 고양이보다 떠 빨리 자랐다.

그래서 오래전에 한 손에 들어오던 놈이 이제는 두 손으로 잡아야 할 지경이었다.

그리고 나는 생활의 변화 등으로 겪는 혼란을 백랑을 통해 순화시키고 있었다.

백랑마저 없었더라면 이 생활을 유지하는 데 어려움이 있었을 것이다.

밖에 나가면 장로들이 귀찮게 접근해 와 방안에서 백랑과 놀고 있었다.

손가락을 물려고 막 나고 있는 이빨을 들이미는 것이나 손으로 잡으려고 애쓰는 모습이 귀여워 백랑과 노는데 시간 가는 줄 몰랐다.

그렇게 어둑어둑해지는 저녁 시간에 밖에서 여을이 나를 불렀다.

"반 호위님."

저녁 식사 시간이 되어 나를 부르나 하고 백랑을 안고 나갔다.

"저기, 아가씨께서 뵙자고 하십니다."

"무슨 일 있어?"

"예, 손님들이 방문했습니다."

"어떤 손님들? 환자들인가?"

여을은 나를 보더니 고개를 저었다.

그리고 뭔가 재밌는 표정으로 나를 바라보았다.

"그 눈빛은 무슨 의미야? 뭔가 굉장히 재밌어 하는 것 같은데."

"호호호, 제가요?"

나는 여을이 웃자 빙긋 미소 지었다.

"전에도 느꼈지만 여을의 웃음은 사람을 참 기분 좋게 한다는 것을 알고 있어?"

여을이 그 말을 듣고 고개 숙였다.

"그렇게 말하지 마세요. 가슴 설레니까요."

"뭐가?"

"여자는 좋아하는 사람에게 칭찬을 받으면 자꾸 마음이 기운단 말이에요."

"그럼? 여을은 나를 좋아한다는 거네?"

"뭐, 말이 그렇다는 거죠."

여을은 고개를 들지 못했다.

나는 여을을 놀리며 범빙의 거처에 다다랐다.

"범 소저."

내가 부르자 범빙이 방 안에서 말했다.

"반 호위님, 들어오세요."

돌섬에 있는 신발을 보며 방문객이 있음을 알 수 있었다.

나는 문을 열고 들어갔다.

그리고 문을 열자마자 방안에서 나를 바라보는 자들을 보고는 문을 닫지 못하고 멀뚱히 서 있었다.

제 13 장
NEO ORIENTAL FANTASY STORY
치명적인 부탁

제 13 장
치명적인 부탁

"또 뵙네요."

눈웃음을 지으며 말하는 여인을 물끄러미 바라보았다.

'유 소저가 여긴 왜?'

거기다 유이연 좌우로 뇌룡의검 이상선과 화룡 백이염이 자리하고 있었다.

이들에게 있어 백마교 합비 지부는 적의 소굴이나 다름없어 좌우에서 단단히 경계하는 모습이었다.

그런데 백마교 지부가 조용한 것을 보면 이들은 단순한 방문객으로 치부하는 것 같았다.

아마도 환자의 신분으로 범빙을 만났을 것이다.

255

"대담하군요. 만약 여러분의 신분을 안다면 백마교 내에서도 가만히 있지 않을 겁니다."

화룡 백이엽이 눈을 반짝이며 말했다.

"우릴 걱정하는 겁니까?"

"겁이 없어서 하는 말입니다."

"덤벼보라죠."

백이엽의 그 말에 나는 쓴웃음을 지었다.

'맞아, 합비 지부 무사들이 죄다 저들을 공격한다고 해도 옷자락 하나 건드릴 수 없지. 저런 자신감을 가질만한 이들이지.'

그래도 겁이 없었다. 현재 백마교 지부에는 아직 떠나지 않은 이마이교의 장로들이 꽤 있었다.

그들과 부딪히기라도 하면 문제가 될 수 있었다.

"이렇게라도 범 소저를 찾아오신 것은 그만큼 위급한 일이 있다는 뜻이겠죠?"

나는 자리에 앉으며 말했다.

이상선이 대꾸했다.

"역시! 반 호위님의 눈을 피할 수 없군요."

"객잔에서 봤을 때는 급한 일이 있어 급히 나가더니 몇 시진 후 적진과 같은 이곳에 있으니 쉽게 유추할 수 있죠."

"반 소협이 그렇게 말하니 이야기하기 쉽겠군요."

이상선은 나와 몇 번 대면했다고 편하게 말했다.

"이번에."

이상선이 말을 하려고 하자 유이연이 가로챘다.

"이 공자님, 이 말은 제가 하면 안 되겠습니까? 그래야 반 소협이 이해하실 겁니다."

이상선은 고개를 끄덕였다.

의원인 유이연이 말하는 것이 나을 것 같았다.

유이연은 초롱초롱한 눈으로 나를 바라보며 입을 열었다.

"제가 이번에 귀한 환자를 치료하게 되었습니다."

그녀의 말에 나도 모르게 턱을 주억거렸다.

귀한 환자이니 백의오룡중 뇌룡의검 이상선과 화룡 백이염이 유이연을 호위하는 것 아니겠는가.

"그런데 그를 치료하는데 아무래도 소녀의 의술로는 부족함을 느꼈습니다. 그래서 마성화 범빙 소저와 함께라면 그를 치료할 것 같습니다."

범빙은 이미 이야기를 들어서인지 조용히 앉아 있었다.

"환자가 누굽니까?"

내 말고 동시에 뇌룡의검 이상선의 기파가 느껴졌다.

말이 새어나가지 못하게 주변의 기파를 차단한 것이다.

"제가 하는 말은 반 소협만 알고 계시면 좋겠습니다. 약조하실 수 있습니까?"

"약조하지요. 그런데 제 말을 신용합니까?"

"제 생명을 구해주신 반 소협의 말을 믿지 않으면 누굴 믿습니까!"

유이연은 정말 나를 신뢰하는 눈빛이었다.

"난 마도인은 못 믿지만, 옥소마군은 믿어요."

화룡 백이염이 의외의 말을 던졌다.

유이연은 다소 진중한 어조로 말을 꺼냈다.

그리고 나는 그녀의 말을 듣고 심장이 쿵 하고 내려앉을 정도로 놀랐다.

"구천맹 맹주님과 개방 방주님, 소림사 방장님입니다."

나는 유이연의 입에서 나오는 이름을 듣고 의문이 뭉게구름처럼 일었다.

이 세 사람은 이미 인세의 인간이라 할 수 없을 정도의 공력을 쌓은 이들이었다.

이런 이들이 동시에 치료를 받아야 한다는 것이 이해가 되지 않았다.

"세 분은 같은 독에 당하셨는데 어떻게 해독해야 할지 도무지 알 수 없어요. 그래서 범 소저의 의술이 필요해요. 범 소저가 그쪽에 약간의 경험이 있는 것으로 알아요."

나는 왜 살수들이 유이연을 그렇게 죽이려고 했는지 알 수 있었다.

'그 세 사람을 중독시킨 배후가 그들을 치료할 수 있는 유이연을 죽이려고 한 것이군. 그런데 이거 굉장히 복잡하

게 얽혔어. 개방이 흑사문을 감시한 것은 개방 방주 쌍룡
개 증번이 독에 중독되어서 그런 거 같은데 그렇다면 이들
이 당했다는 독이 불사환이 아닐까?

개방이 꾸준히 흑사문을 감시했기 때문에 이렇게밖에
생각할 수 없었다.

나는 그것이 처음에는 마체역근경때문이라 생각했는데
어쩌면 이들은 범척이 어떻게 불사환의 독을 해독했는지
알고 싶었을 것이다.

나는 이 사실 하나로 그동안 풀리지 않는 의문을 해소
할 수 있었다.

개방이 흑사문을 감시하던 일, 살수들이 유이연을 암살
하려던 일, 그리고 나를 오랫동안 흑사문을 감시하게 하고
범척이 수련하는 무공을 알아보라고 한 것. 그리고 흑사문
의 요직으로 올라서라고 명령을 내린 일등은 모두 이번 일
과 연관이 있을 것이다.

유이연이 세 명의 고수들이 당한 독을 해독하지 못하자
결국은 범빙을 찾아올 수 밖에 없었을 것이다.

왜냐하면, 범척이 살아났으니 범빙이 불사환의 독을 해
독했다고 믿었을 것이다.

그런데 내가 복잡하게 일이 꼬였다고 한 것은 범빙이 마
도에 몸담은 의원이기 때문이었다.

나는 그 사실을 말하지 않을 수 없었다.

"좋습니다. 그런데 문제는 범 소저에게 있습니다. 만약 범 소저가 세 분을 치료하고 구했다는 이야기가 퍼지면 과연 마도의 인사들이 범 소저를 어찌할지는 생각해 보셨습니까?"

내가 단도직입적으로 말하자 세 사람은 입을 떼지 못했다.

그들도 그걸 알면서도 범빙에게 부탁하는 것이니 말이다.

"지금 전쟁이 완전히 종결된 것도 아닙니다. 아직도 사천과 섬서에서는 마도와 백도가 싸우고 있습니다. 그런데 적의 수뇌를 치료했다고 해보세요. 마도에서 흑사문이나 범빙 소저를 가만둘 것 같나요?"

세 명에게 질문을 던졌지만, 그것은 범빙에게 한 질문이었다.

나야 구천맹의 혈첩이니 당연히 범빙이 그 세 사람을 치료해주는 것이 좋았다.

그 세 사람이 정파 무림에서 얼마나 중요한 인사들인지 알기 때문이었다.

"솔직히 그 세 분이 독에 당한 것도 마도의 행사일 수도 있는데 그런 행사를 방해한 범 소저를 가만둘 것으로 생각되지 않는군요."

잠자코 있던 범빙이 나를 보며 물었다.

"그래서 반 호위님을 부른 거예요. 제가 어찌하면 좋을 까요?"

나는 혈첩이 아니라 범벙이 호위로서 대답했다.

"범 소저, 이 일은 남궁세가의 무사들을 치료하는 것과 는 그 차원이 다릅니다. 그들을 치료해도 별말이 없었던 것은 범 소저가 의원이고 일개 무인들을 치료해 준 것이기 때문입니다. 그런데 그 세 분은 일개 무인과 다릅니다. 만 약 그 세 분을 치료한다면 분명 마도에서는 어떤 제재를 가할 것입니다."

내가 부정적으로 대답하자 이상선이 끼어들었다.

"우리가 범 소저를 지키겠습니다. 제 생명을 바쳐서라 도."

"저도요."

화룡 백이염이 덧붙였다.

"우리 백의오룡은 범 소저를 끝까지 지킬 것입니다."

내가 대꾸했다.

"말씀은 고마운데 범 소저를 지킬 수 있다고 칩시다. 그 럼 흑사문도 지킬 수 있겠습니까? 이마이교가 흑사문을 이 핑계로 반역행위를 했다고 공격하면 어찌할 것입니 까?"

내 말에 두 사람은 꿀 먹은 벙어리처럼 입만 벙긋거리며 말하지 못했다.

개인은 지킬 수 있어도 마도 문파를 지킨다고는 자신할 수 없기 때문이었다.

나는 시선을 돌려 범빙을 바라보았다.

"범 소저가 제게 물은 것은 제 대답을 따르기 위함입니까?"

범 소저가 고개를 저었다.

"아니요. 나를 걱정해주는지 알고 싶어서요."

나는 그 말을 듣고 범빙이 이미 결심이 섰다는 것을 깨달았다.

"우린 그 독을 해독할 수 있잖아요."

나는 눈을 감았다.

범빙은 그 독이 불사환의 독기임을 알고 있었고 죽었지만 왕동의 불사환 독기를 해독한 적이 있었다.

또한, 범빙은 범척의 수련을 도왔기 때문에 불사환의 독기를 치료하는 방법도 알고 있었다.

범빙은 치료 방법을 알면서도 환자를 내버려 둘 수 없었다. 그것은 의원의 도리가 아니라 여겼다.

그래서 나는 이제 묻지 않을 수 없었다.

"그 독이 무엇입니까?"

범빙이 침중한 눈빛으로 말했다.

"피가 끓는 독이라고 합니다."

"으음."

내 입에서 절로 침음이 흘러나왔다.

'역시 불사환을 복용했구나.'

그러면서 여러 가지 생각이 들었다.

어째서 불사환이 이렇게 무림에 돌아다니고 있는지.

왕동이 서역통상로에서 불사환을 구입한 것은 모두 계획된 것인지.

그리고 얼마나 불사환이 무림에 퍼져 있는지.

여러 생각이 혼란스럽게 헝클어졌다.

범빙이 말했다.

"전 그 세 분을 치료할 생각이에요. 그래서 제 호위를 하는 분에게 묻는 것입니다. 만약 뜻이 없다면 저를 호위하지 않아도 됩니다. 이것은 어디까지나 제 독단이니까요. 굳이 반 호위님의 운명까지 제가 결정하고 싶지 않습니다."

"이 일은 단순히 치료하는 것에서 끝나지 않습니다. 범소저는 그것을 알고 있습니까?"

"생각해 봤는데 전 의원이고 죽어가는 사람이 있는데 외면할 수 없어요. 그래서 남궁세가 무인들도 본 장에서 치료한 것이고요. 전 환자를 대면할 때는 그 사람의 신분이나 소속은 따지지도 않아요. 그것이 제가 의술을 지키는 원칙이에요."

나는 이제부터 혈첩으로서 생각했다.

'그 세 분이 위험해지면 백도는 크게 위축될 것이다. 그렇게 되면 지금까지 내가 혈첩 생활을 한 것도 의미가 없어. 당연히 나는 범빙이 치료해주면 고맙지.'

하지만 나는 지금은 범빙의 호위인척 해야만 했다.

"저는 지금까지 범 소저의 호위입니다. 그래서 범 소저가 있는 곳이 제가 있는 곳입니다. 범 소저는 제가 지킵니다."

내 대답에 이상선과 백이염의 크게 안도하는 눈빛이었다.

유이연이 입을 열었다.

"정말 감사합니다. 쉽지 않은 결정일 텐데."

"그건 범 소저가 들을 말입니다."

내가 대꾸하자 유이연이 빙긋 웃으며 대꾸했다.

"그렇지 않아요. 범 소저가 말하길 반 호위가 자기 뜻을 따라주면 세 분을 치료하고 그렇지 않으면 치료하지 않는다고 말했거든요. 그러니 사실 반 소협의 대답이 제일 중요했어요."

나는 범빙을 보며 실소를 지었다.

"지금에라도 늦지 않았어요. 결정을 번복해도 괜찮습니다."

내가 범빙에게 말하자 일순 좌중의 분위기가 싸늘하게 식었다.

"전 반 호위님이 지켜준다면 안심입니다."

"후우."

나는 이 일이 있고 난 후 범빙이 겪어야 할 고난을 생각하지 않을 수 없었다.

아마도 우리가 생각하는 것 이상의 파장이 있을 것이고 어려움이 따를 것이다.

그런데 그것을 내가 버텨야 하니 절로 한숨이 나왔다.

내 한숨이 나오기 무섭게 유이연이 말했다.

"그런데 지금 움직일 수 있겠습니까? 한시가 급해서 말입니다."

세 사람의 용태가 심상치 않다는 뜻이었다.

불사환의 독기가 승하니 재촉하는 것 같았다.

"그럼 우린 나가서 기다릴게요."

세 사람이 나가자 범빙은 나를 빤히 바라보았다.

그러다 입을 열었다.

"어려운 결정인 것 알아요. 하지만 그 독을 해소하는 방법을 아는 사람은 저와 반 소협뿐이잖아요. 그리고 만약 그 세 분이 돌아가신다면 아마도 마도에서는 백도에 총공세를 펼칠 테고 전쟁은 더 커지겠죠? 그럼 양쪽 중 하나는 완전히 사라져야 전쟁은 끝날 것입니다."

나는 범빙이 단순히 감정적으로 결정한 줄 알았는데 그게 아니었다.

자신의 원칙으로 결정을 내린 것이다.

분명 치료한 후의 후폭풍을 모르는 바보는 아니었다.

그것을 알면서도 치료하겠다는 것은 의원으로서의 본분을 다하겠다는 결심이었다.

나는 그것을 존중하면서도 걱정되었다.

"이 일은 침 소저에게 말해야 하지 않겠습니까?"

범빙은 침해월이나 묘진홍에게 기별도 없이 나서려고 하자 내가 말했다.

"그 두 친구에게 알리면 분명 저를 가지 못하게 말릴 것입니다."

"그래도 말해야지요. 친구들인데. 이대로 사라지면 정말 걱정 많이 할 것입니다."

"제가 그래서 거처에 서신을 하나 남겼어요. 급히 치료차 말없이 장원을 나섰다고. 치료하고 돌아오겠다고 말해놓았습니다."

"치료 대상은 써 놨어요?"

범빙이 고개를 흔들었다.

"아니요. 그걸 말하면 안 되죠. 제 장원에 있을 때도 가끔 이렇게 말없이 왕진을 나갔기 때문에 애들도 그러려니 할 거예요. 그리고 친구들이 걱정할 때쯤에 돌아오면 되고요. 제 생각에는 반나절이면 충분하잖아요. 왕 장주님 경우에는 우리가 방법을 몰라 헤맸지만, 지금은 잘 알고 있으니 반나절이 아니라 한 시진이면 충분하다고 생각해요. 그다음은 유 소저가 맡아서 처리하면 되고요."

나는 지금은 범빙의 뜻대로 할 수밖에 없었다.

어떤 면에서는 범빙이 하지 않겠다고 하면 설득해서라도 데리고 가야 하는 처지였다.

구천맹의 혈첩으로 무림의 수뇌부들을 죽게 놔둘 수 없었다.

거기다 범빙이나 내가 치료할 수 있는데 방치하는 것은 구천맹의 일원으로서 할 수 없었다.

그래도 범빙이 걱정되는 것은 어쩔 수 없었다.

침해월과 묘진홍이 악우명을 병구완하느라 자리를 비웠을 때 몰래 빠져나왔다.

"여을은요?"

"심부름시켰어요. 여을한테도 서신을 남겨 놓았으니 괜찮아요."

"데려가지 그랬어요?"

"치료하게 되면 우리 두 사람만 사실을 알고 있어야지요. 그리고 어찌 될지 모르니 아무것도 모르는 여을은 두고 가는 게 나아요."

말을 하는 것을 보면 위험한 상황까지 염두에 둔 것 같았다.

범빙으로서는 엄청난 용기를 낸 것이다.

그것을 알기 때문에 마차를 타고 가는 내내 유이연은 그런 범빙을 안심시키려고 노력했다.

"범 소저, 여기 계신 이 공자와 백 소저가 범 소저의 안전을 약속했어요. 그러니 걱정하지 않으셔도 됩니다. 그리고 또 저도 있고요."

"고마운 말씀이나 제가 믿는 사람은 반 호위입니다. 저분은 무슨 일이 있어도 저를 지켜줄 것이라 믿고 있습니다. 솔직히 반 호위님이 없었다면 이 부탁 들어주지 못했을 겁니다."

나는 범빙이 이토록 나를 신뢰하는지 몰랐다.

유이연이 그런 범빙의 비위를 맞추기라도 하는 듯 말을 받았다.

"저도 말을 들었어요. 범 소저에게 입은 은혜를 갚기 위해 스스로 범 소저 장원의 하인이 되었다고. 과연 어떤 사람이 하인이 되어서라도 은혜를 갚으려고 하겠어요. 반 소협같이 대단한 고수가. 그런 사람을 믿지 못하면 세상에 믿을 사람은 없겠죠."

범빙이 내 칭찬에 기분이 좋은지 마차를 탄 후 처음으로 미소를 지었다.

"그것도 있지만 제가 반 호위님을 믿는 것은 다른 이유가 있습니다."

"그래요? 그걸 듣고 싶은데요?"

유이연이 재촉하자 범빙이 나를 보았다.

"반 호위님은 맹구라고 불려도 본 장의 하인들에게 어떤 악의도 품지 않았어요. 그리고 본 장의 하인들이 어려운 일이 있거나 위험한 일에 직면하면 누구보다 먼저 앞장서서 막아줬어요. 그들이 죽을 뻔한 것도 반 호위님이 몇 번이나 구해주셨고, 나중에 들은 이야기인데 어떤 고수들이 본 장의 하인들을 병신으로 만들려고 할 때도 그걸 막은 사람도 반 호위님이에요. 어려운 사람과 신분이 낮은 사람들을 위해서 기꺼이 힘을 아끼지 않는 분이에요. 강자가 약자를 도와주는 것은 당연하지만 전 지금까지 그런 것을 본 적이 없었어요. 강자는 약자에게 군림하려고 드는 것만 보았지요. 강자가 약자를 돌봐주고 신경 써주는 일은 대의가 없으면 할 수 없는 일이에요. 전 그런 부분 때문에 반 호위님을 믿는 것입니다."

나는 그 말을 듣고 얼굴이 발갛게 변했다.

지금까지 내가 맹족 일가들과 벌였던 일들을 모두 알고 있었다.

모른척하고 있었을 뿐이지 모두 보고를 받아서 알고 있는 눈치였다.

"잠시 쉬었다 가죠."

유이연과 범빙을 위해 마차를 세우고 잠시 휴식을 취했다.

두 여인이 장시간 마차를 타는 것을 힘들어하자 이상선이 관도 옆 숲으로 들어가 자리를 마련했다.

마부는 근처 냇가에서 말에게 물을 먹이고 우리는 풀밭에 앉아 잠시 울렁거림을 가라앉혔다.

"드디어 따라잡았다."

마차를 가운데 두고 다섯 명이 앉아서 휴식을 취하는 일행을 언덕 위에서 보며 흑의 피풍의를 입은 자가 입을 열었다.

뒤에 시립한 자가 우려 섞인 어조로 말했다.

"부단주님, 뇌룡의검이나 화룡이 떨어졌을 때 공격하는 게 좋지 않겠습니까?"

"그러다 날 샜잖아. 이대로 가면 놈들은 우리 손아귀에서 벗어나. 놈들이 잠시 쉬는 지금이 아니면 우리에게 더 이상의 기회는 없어."

"알고 있습니다. 하지만 본 단의 피해도 막심할 것입니다."

"그래도 임무는 완수해야지. 지금이 마지막 기회야. 흑암조를 준비시켜. 흑암조라면 저들 모두 죽일 수 있어."

"복명."

수하가 사라지자 피풍의를 입은 중년인이 중얼거렸다.

"이 임무를 끝으로 일 년은 숨어지내야겠군. 구천맹의

270

백의오룡을 둘이나 죽이니 말이야.”

차마 이런 약한 발언은 수하에게 하고 싶지 않아 수하가
사라지고 나서야 뱉었다.

나는 더 어두워지기 전에 길을 나서야 한다고 생각해 주
변을 둘러보았다.

이곳에서 노숙할 것도 아니라면 근처 마을에서 유숙하
는 것이 나았다.

솔직히 나는 이상선과 백이염에게 조금 화가 나 있었다.

그들은 목적지를 알려주지도 않고 그저 마부에게만 방
향을 지시했다.

그러다 보니 얼마나 더 가야 하는지 어디로 가는지 나와
범빙은 알지 못했다.

하지만 나는 그들을 이해했다.

그 세 사람의 신분을 생각하면 극도로 비밀을 유지해야
함을 알고 있었다.

나는 마지막으로 일어나기 전에 마체역근경을 운용했다.

기운을 운용하고 나면 몸이 가뿐해지고 가벼워져 마차
의 흔들림을 이겨낼 수 있었다.

마체역근경을 운용하고 호흡을 갈무리하는 순간, 주변
에서 느껴지는 이질감을 감지했다.

‘은은한 살기가 감돌아.’

그런데 아무런 흔적이 없다면 그것은 살수일 가능성이 높았다.

나는 마체역근경을 더욱 깊게 운용하며 외부로 기감을 넓혔다.

'서른 명!'

혈기류가 미세하나마 느껴지지 시작했다.

내가 십 장 안에서도 혈기류를 느끼기 시작해서 다행이 었지 그렇지 않았다면 이들의 존재를 까맣게 모르고 있었 을 것이다.

뇌룡의검 이상선과 화룡 백이염도 살수들의 존재를 깨 닫지 못하고 있었다.

나는 우선 유이연과 범빙이 마차에서 떨어져 있어 그들 을 마차 가까이 유도했다.

"아!"

내가 마차 문을 열면서 손가락을 베인 것 같은 시늉을 하자 두 여인은 놀라더니 내게 다가왔다.

"무슨 무인이 마차에 손가락을 베입니까?"

내가 손가락을 부여잡고 아픈 표정을 짓자 백이염은 어 이가 없다는 듯 말했다.

그러다 내 손가락에 피 한 방울 나지 않자 뭐지 하는 표 정이었다.

그러다 뭔가를 깨달았는지 백이염이 이상선을 향해 말

했다.

"사형, 반 소협의 손가락이 잘렸어요."

"큽!"

나는 백이염의 말에 웃음이 나오는 것을 간신히 참았다.

너무 과장이 심한 것이다.

"뭐라고요? 손가락이 잘렸어요?"

그 말에 놀란 사람은 유이연과 범빙이었다.

두 여인은 내가 손가락이 잘렸다는 백이염의 말에 얼굴
이 하얗게 변했다.

범빙이 내 손을 잡고 지혈을 하려다 손가락이 멀쩡하자
나를 쳐다보았다.

"아아! 너무 아프니 살살해요."

그런데도 내가 엄살을 부리자 유이연은 별 미친놈을 다
본다는 얼굴로 나를 쳐다보았다.

그때 나는 나직한 목소리로 말했다.

"잘 들으세요. 주변에 살수들이 있습니다. 그러니 두 분
은 얼른 마차 안으로 들어가세요. 그리고 들어가서서 귀를
막으세요. 솜으로 귀를 막고 손으로 귀에 붙여 아무 소리
도 듣지 마세요. 일이 끝나면 제가 마차를 흔들 겁니다. 그
럼 그때 마차 문을 여세요."

내가 빠르게 말하자 두 여인은 심각한 얼굴로 고개를 끄
덕였다.

"걱정할 것이 없습니다. 저와 여기 계신 두 분을 믿으세요. 사실 백여 명의 살수가 온다 해도 우리를 어찌할 수 없습니다."

내가 말을 하자 머리를 위아래로 흔들었다.

"자, 들어가세요."

유이연과 범빙이 마차 안으로 들어가자 나는 마차 문을 닫았다.

"주변에 살수들이 있습니까?"

이상선이 내게 물어보는 것을 보니 아직도 살수들의 기척을 감지 못한 것 같았다.

"예, 적어도 서른 명은 됩니다."

이상선은 내가 살수들의 존재 여부뿐 아니라 그 숫자까지 감지하자 놀라는 눈치였다.

아무래도 자신은 감지조차 하지 못한다고 생각했는지 자존심 상해하는 눈빛이었다.

"살수들이 일류들인가 봅니다. 제 기감에 걸리지 않는 걸 보면 말입니다."

이상선은 약간 자조적으로 말했다.

"아닙니다. 이들은 특수한 수업을 받은 이들입니다. 저야 몇 번 살수들과 부딪혔기 때문에 그 특징을 알 뿐입니다."

"우리가 어떡해야 합니까?"

이상선은 내가 일전에 살수들을 처리하는 것을 목격해서 인지 어떻게 대처해야 할지 내게 물었다.

그의 신분상 이런 질문을 하기 어려울 텐데도 내게 대처 방안을 묻는 것을 보면 보통 인물은 아니었다.

"방법은 하나입니다. 저와 이 소협이 공격해 오는 살수들을 사정없이 죽여야 합니다. 그리고 우리가 놓치는 자들은 백 소저가 처리하고요. 절대 마차 근처에도 가지 못하게 해야 합니다. 어떤 수작을 부릴지 알 수 없습니다."

"알겠습니다."

이상선이 쉽게 대답을 하자 나는 그에게 경각심을 주었다.

"두 번째 암습입니다. 그렇다면 그들은 우리가 처음에 보았던 살수들과 다른 차원의 실력을 갖추고 있을 것입니다. 처음부터 모든 실력을 발휘해서 살수들을 쓸어버려야 합니다. 실력을 감추는 순간 살수들에게 당할 것입니다. 전력을 다해야 막을 수 있습니다. 또한, 자비심 따위는 접어두셔야 합니다. 살수들에게 약간의 자비심을 남기는 순간 유 소저나 범 소저는 죽습니다."

내가 강한 어조로 말을 하자 두 사람은 경직되었다.

"그, 정도는 알고 있습니다."

몰랐을 것이다. 이들이 대단한 고수들이긴 해도 아직도 경험이 미천한 백도의 후기지수일 뿐이었다.

나처럼 수많은 실전과 암습을 경험해 보지 않아 방심할 수 있었다.

그래서 이렇게 주의를 시켰다.

혈류가 조금씩 가까이 다가오는 것을 느꼈다.

"놈들이 옵니다. 처음부터 전력을 다해야 합니다."

내가 다시 한번 당부를 하자 두 사람은 고개를 끄덕였다.

제14장
NEO ORIENTAL FANTASY STORY
암흑살공(暗黑殺功)

제 14 장
암흑 살공 (暗黑殺功)

경고도 없었다.

협상이라도 있을 줄 알았지만, 이들은 우리들의 소멸을 원했다.

혈기류가 다가온다고 느끼는 순간 공격이 시작되었다.

처음에는 탐색전을 하기 위해서인지 다섯 명이 우리를 공격했다.

나는 혈기류를 느껴 다섯 명의 공격을 예측했지만 이상선과 백이염은 몇 명이 공격하는지 알지 못했다.

"뭐야!"

백이염은 혼란스러운 듯 중얼거렸다.

"저것들 뭐야!"

나는 그들을 보는 순간 온몸에서 소름이 돋았다.

혈첩 시절 살수단체를 철저하게 분석을 한 나는 그들의 정체를 알고 있었다.

'극락천의 흑암조다.'

흑암조가 세 개의 살수단체 중 가장 뛰어난 살수 조직인 이유가 있었다.

흑암조는 극락천에서 비밀리에 내려오는 암흑살공을 익힌 까닭이었다.

다섯 명의 흑암조가 공격하고 물러났다.

어찌 되었든 우리가 기척으로 그들의 공격을 모두 받아냈기 때문이었다.

그러자 이들은 다시 물러나 숲 속으로 숨어들었다.

이상선은 나를 보며 말했다.

"저들은 눈을 감고 공격을 하는 겁니까? 사람이라면 아무리 수련을 해도 눈 흰자위를 어찌할 수 없습니다. 그래서 칠흑 같은 밤이라도 사람의 눈을 보고 공격을 파악할 수 있는데 저들은 눈이 없는 것 같습니다. 온통 까맣더군요. 어떻게 저럴 수 있지요?"

어지간히 놀란 모양이었다. 저렇게 수다 떨 듯 말하는 것을 보면.

"두 분은 모르시겠지만, 저들은 살수계에서 흑암조라 불리는 유명한 조직입니다."

"흑암조?"

"예, 그들은 암흑살공을 익혔는데 암흑살공은 인간이 빛을 받아 드러낼 수 있는 분위를 모두 까맣게 만드는 공부입니다."

"그러니까 눈이라든가 아니면 손톱, 얼굴도 말입니까? 저들의 얼굴은 옷 색깔과 똑같던데 말입니다."

나는 고개를 끄덕였다.

"그렇습니다. 그것이 암흑살공입니다. 눈동자, 손톱, 피부 색깔도 까맣게 변색시킬 수 있는 수련을 받은 자들입니다."

"그게 가능하다니."

"살수들은 어둠과 동화해야 암살의 가능성이 커지는데 초일류나 절정고수들에게는 눈빛이나 손톱 등에 반사되는 빛 때문에 쉽게 간파당합니다. 그래서 저들은 어릴 적부터 그것들을 까맣게 물들이는 수련을 받습니다."

살수 조직에 관한 공부가 없다 보니 이 두 사람은 암흑살공에 대해 무지했다.

그것이 얼마나 가공할 수법인지.

"그런데 저들은 어째서 공격하지 않습니까?"

화룡 백이염이 의아한 듯 물었다.

"우리가 쉽게 막는 것을 보고 더 어두워지길 기다리고 있는 것입니다. 어두워지면 완전히 어둠과 동화된 그들을 막기는 힘들 것입니다."

"그럼 우린 어떡합니까?"

백이염은 내게 물었다.

그러다 흠칫하고 놀라는 모습이었다.

백이염은 늘 어떤 문제에 봉착하면 뛰어난 대사형 뇌룡의검 이상선에게 해결책을 물었다.

어떤 문제든 척척 해결하는 대상형이 믿음직스럽기도 하고 또 문제 해결 능력도 뛰어났기 때문이었다.

그런데 이번에는 대사형도 허둥지둥거리는 모습이고 그런 대사형이 반 호위에게 일일이 물었다.

그러다 보니 자신도 모르게 계속 반 호위에게 질문을 퍼붓고 있었다.

그런 자신을 발견하고는 괜히 대사형에게 미안한 것이다.

"더 어두워진다면 분명 어려운 싸움이 될 것입니다. 우리가 먼저 놈들을 파고들어야 합니다."

"좋은 계책이 있습니까?"

이상선이 내게 물었다.

"우선 마차 주변에 불을 피워 주변을 환하게 만듭니다. 그러면 적어도 오장 안에 살수들이 들어오면 아무리 암흑살공을 펼친다 해도 우리가 식별할 수 있습니다. 그리고 이 소협은 저들과 싸울 때 반드시 섬광을 만들어 적의 위치를 파악하며 대응해야 합니다."

"알겠소. 그럼 마차 주변에 불을 피웁시다."

우리는 주변의 마른 잔 나뭇가지를 모아 마차 주변에 불을 피웠다.

그러자 금방 주변이 환해졌다.

"이제 갑시다. 놈들을 잡으러."

내가 말을 하자 이상선은 투지를 불태우며 검을 들고 따라나섰다.

"잠깐! 저 혼자 갑니다."

"그게 무슨 말입니까?"

"제가 말한 것은 두 분이 이곳을 지킨다는 말입니다. 숲에는 저 혼자 갑니다."

"그건 무리입니다."

"아실지 모르지만 백랑비마의 무학은 사실은 살수무학에서 유래되었습니다. 그래서 살수 수법에 대해 상당히 달통해 있습니다. 그래서 제가 암기술에 뛰어나고 살수들의 기척을 두 분보다 먼저 감지한 것입니다."

나는 속으로 백랑비마에게 미안했지만, 이들을 설득시키기 위해서는 어쩔 수 없었다.

"저들이 암흑살공을 익혔다고 해도 제게는 대책이 있습니다. 제가 숲으로 들어가 저들을 공격할 때 일부는 이 마차를 공격할 것입니다. 그때 두 분은 그들을 막으시면 됩니다."

"혼자서는 위험하지 않을까요?"

"아닙니다. 오히려 두 분이 더 위험합니다. 지금은 더 어두워지기 전에 저들을 제거해야 안전해집니다. 늦어지면 우리가 불리합니다."

"알았습니다."

이상선은 더 이상 머뭇거리지 않고 투기를 일으켰다.

어떤 결정을 내리면 고민하지 않고 그대로 실행에 옮기는 인물이었다.

나는 이들에게 내가 싸우는 모습을 보이고 싶지 않아서 혼자 숲으로 들어간다고 말한 것이다.

"그럼!"

나는 두 사람에게 눈짓하고 흑암조가 있는 곳을 향해 몸을 날렸다.

"조심하세요."

백이염은 자신도 모르게 말하고 나서 스스로에게 이질감을 느꼈다.

지금까지 누구에게 이런 말을 한 적이 없었다.

그것을 대상형 이상선도 느꼈다.

"조심하세요? 하하하, 살다 보니 사매가 다른 이에게 조심하라고 말하는 것을 들을 줄은 몰랐군."

이상선은 이런 상황에서도 뭐가 즐거운지 키득거렸다.

이상선은 화룡으로 불리는 사매가 다른 사내에게 아주

조금씩 관심 보이는 것이 좋았다.

마치 세상에 자신 혼자 사는 것 같이 외롭게 지내는 사매를 보고 늘 안타까운 마음이 들었다.

그런 사매가 다른 이도 아니고 마도의 인사에게 저렇게 관심을 보일 것이라고 생각도 하지 못했다.

이상선은 그가 누구이든 사매가 조금씩 마음을 연다는 사실이 기꺼웠다.

"아니, 그게 아니라. 그냥 조심하라고요. 왜? 제가 실수한 건가요?"

이상선은 아직도 자신이 어떻게 변했는지 모르는 사매를 보고 피식 웃었다.

"아니. 아니야."

백이염은 자꾸 실실거리는 대사형에게 왜 웃느냐고 물으며 진땀을 흘리고 있었다.

"그런 생각이 들어서 말이야. 화룡이 언젠가는 진짜 화룡이 될 것 같아서."

"점점 모를 소리만 하시고 말이에요."

백이염은 반 호위가 완전히 사라지자 경각심을 가지며 정색했다.

이상선은 그런 사매를 따뜻한 눈으로 바라보았다.

'화룡이 언젠가는 정열의 화룡이 될 것이라 믿는다.'

"죽으려고 제 발로 기어들어오는 놈이 있군."

흑암조 조장은 흑암조가 깔린 숲 속으로 들어오는 놈을 보고 중얼거렸다.

숲은 더 어두웠다.

이런 곳이라면 일류고수라도 흑암조 다섯 명이면 충분히 감당할 수 있었다.

암흑살공은 살수계 최고의 기공이었다.

그것을 익힌 살수들이 숲에 쫘악 깔렸는데 멋도 모르는 놈이 기어들어오고 있으니 어이가 없었다.

"숲에 들어오는 놈부터 죽인다! 을조가 놈의 목을 가져 와라!"

그의 말에 어둠 속에서 무언가 꿈틀거리며 움직였다.

정확히 십여 명의 흑암조 살수들이 움직이는데 인간의 형상은 보이지도 않았다.

놈이 움직였다.

그 뒤를 흑암조 을조가 따라붙었다.

멀리서 지켜보던 흑암조 조장의 미소가 서서히 굳어졌다.

"말도 안 돼!"

따라붙던 세 명의 흑암조 을조 조원이 변변한 공격 한번 못해보고 쓰러졌다.

놈의 손에서 섬광이 일면 여지없이 흑암조 조원이 쓰러

졌다.

조장도 조원들이 암흑살공을 펼치면 어디에 은신하고 있는지 찾지 못할 정도인데 놈은 보지도 않고 수하들의 기척을 감지했다.

자신조차도 조원들이 죽으며 뿌리는 피와 미약한 신음을 듣고 수하의 위치를 아는데.

그리고 놈이 계속 숲 안으로 들어온다는 것은 저지하는 흑암조가 쓰러지고 있다는 증거였다.

기가 막힐 지경이었다.

"산(散)!"

조장은 여섯 명의 흑암조 을조 조원이 쓰러지자 명령을 내렸다.

그러자 다가가 공격을 하던 흑암조 살수들이 주변으로 흩어졌다.

"출암(出暗)!"

조장의 명령에 살수들이 암기를 뿌리기 시작했다.

나는 놈들이 작전을 변경해 암기를 뿌리자 혈기류가 느껴지는 방향으로 몸을 날렸다.

나는 그동안 수련한 무영무종섬을 펼쳤다.

한 번의 진각으로 축지환보를 펼쳐 삼 장이나 오 장이나 되는 거리를 압축하며 뻗어 나갔다.

그리고 혈기류가 느껴지는 곳에 영익검을 찔러 넣었다.

"큭!"

죽어가면서도 신음조차 내지 않던 살수들도 영익검이 심장을 가르자 신음을 내었다.

나는 암기가 쏟아지기 전에 무영무종섬으로 혈기류가 느껴지는 다른 곳으로 이동했다.

쉬이이익!

영익검이 허공을 가르며 날아드는 암기를 쳐냈다.

따다다당!

내가 지척으로 다가오자 서둘러 암기를 던진 것이다.

그런 눈먼 암기에 맞을 내가 아니었다.

숲 속에서 무영무종섬을 펼칠 때 나무가 방해되어 움직임이 둔화하기도 했다.

그러나 놈들은 내 종적을 쫓지 못했다.

내가 떠난 자리의 나무에 암기가 빼곡히 박히는 것을 보면 내 잔영만 보고 있었다.

나는 놈들보다 한발 앞서 한 놈씩 제거했다.

암흑살공만 아니면 흑암조도 일반 살수와 다를 바 없었다.

다만 내가 인간 같지 않은 움직임을 보이니 죽음의 순간에도 냉정함을 잃지 않는 놈들이 흔들렸다.

참으로 기이한 일이었다.

무영무종섬은 많은 진기가 필요한 수법이었다.

나 또한 열 번 정도 무영무종섬을 펼치면 진기가 고갈될 것으로 예상했다.

하지만 무슨 일인지 스무 명을 죽이는데도 전혀 힘이 들지 않았다.

놈들은 내가 이런 움직임을 끝까지 보일 수 없다고 생각하는지 기다리며 공격할 기회를 엿보고 있었다.

그러나 내가 지칠 기색이 없자 남은 흑암조들이 당황하는 게 기류로 느껴졌다.

여전히 내가 동에 번쩍 서에 번쩍하듯이 흑암조 살수들을 죽여나가자 숲에서 일성이 울렸다.

"살(殺)!"

그 한마디에 숲 속에서 가만히 은신하고 있던 흑암조 살수들이 한 놈도 예외 없이 나를 향해 달려들었다.

무작정 계획 없이 달려들어 공격하는 것처럼 보여도 그들은 합격진을 구성하고 있었다.

"한꺼번에 몰려든다면 난 더 좋지."

흑암조 살수들이 삼 장 안으로 파고들자 나는 그간 꾸준히 수련한 천변만환섬을 전개했다.

그러자 화려하기 그지없는 섬광이 허공에서 그려졌다.

그와 동시에 마차가 있는 곳에서 벼락이 치듯 푸른 섬광이 번쩍거렸다.

내 말대로 이상선은 마차를 공격하는 흑암조 살수들을 상대로 벽뢰추검을 아낌없이 펼쳐내고 있었다.

쿠릉!

섬광과 함께 뇌성이 울렸다.

이상선의 공력은 예상보다 더 높은 수준이었다.

저 정도의 검기와 공령을 만들어 낼 정도면 일갑자 반은 넘는 경지였다.

이상선이 만들어 내는 섬광 속에서 천변만환섬의 검광은 유성처럼 나타났다 사라졌다.

그 수많은 변화가 쾌검에 갈무리 되어 피었다 사라졌다.

그리고 동시에 달려들던 살수 열 명은 주저앉듯 바닥으로 떨어지고는 다시는 일어나지 못했다.

"믿을 수 없어!"

흑암조의 조장은 멀찍이 그 장면을 보며 입밖에 소리를 내지 않는다는 살수의 금기를 깨뜨렸다.

"보고도 믿지 않으면 할 말 없지."

"이럴 수가!"

흑암조의 조장은 분명 오십 장 밖에 있던 자가 한순간에 자신의 코앞에 있자 경악하지 않을 수 없었다.

그리고 흑암조 조장은 한 번도 생각해 보지 않은 도주를 생각했다.

휘익!

아니 어느새 두 발이 달리고 있었다.

하지만 자신이 아무리 달려도 옆에 있는 나무가 지나가지 않았다.

그래서 다리를 내려다보았다.

달리고 있다고 생각했는데 몸만 돌았을 뿐이었다.

그리고 자신의 젖꼭지 부분에서 무언가 튀어나와 있었다.

투명한 실 같은 것이 꿈틀거렸다.

그것이 심장을 관통하는 바람에 자신이 도주하고 있다고 착각하고 있었다.

가슴이 뻐근해지면서 뜨끔거렸다.

투명한 실이 빠져나가며 느낀 통증이었다.

싸워보지도 못하고 당할 줄은 몰랐다.

흑암조 조장은 '말도 안 돼' 라는 말만 웅얼거리며 그 자리에서 스르륵 허물어졌다.

마차 주변에는 열 명가량의 흑암조 살수들이 널브러져 있었다.

이상선과 백이염이 치열하게 공방전을 벌인 흔적이 있었다.

마차가 안전한 것을 보니 전력을 다해 막은 모습이었다.

이상선과 백이염은 공력을 모두 소진한 듯 안색이 별로

좋지 않았다.

"숲 속에 살수들이 많던가요?"

나는 대꾸했다.

"서른 명인 줄 알았더니 한 열 명가량 있더군요. 숲에 열
명, 이곳에 열 명으로 나눠 공격한 것 같습니다."

"그래요?"

이상선은 사매와 함께 고작 열 명의 살수들을 맞이해 사
투를 벌이며 막아냈는데 반 호위란 자는 자신들과 똑같이
열 명과 싸웠으면서도 마치 산책이라도 다녀온 듯 멀쩡해
보였다.

'혹시 한두 명밖에 없었는데 괜히 허세 부리느냐고 열
명이라 말한 거 아니야?'

그런 생각이 들었다.

하지만 그들은 알고나 있을까.

숲 속에 누운 흑암조는 열 명도 아니고 서른 명도 아니
었다.

알고 보니 모두 오십여 명이 있었다는 것을.

극락천 흑암조 전원이 출동해서 이곳에 싸늘한 시체로
누운 사실을.

나는 우선 주변에 있던 시체들을 모두 숲으로 던져 놓았
다.

그리고 나서 나는 마차를 흔들었다.

그러자 잠시 후 조심스럽게 마차 문이 열리며 두 여인이 고개를 내밀었다.

"괜찮아요?"

나는 고개를 끄덕였다.

이상선은 자랑스럽다는 듯 말했다.

"우리가 있으니 걱정하지 마십시오. 모두 죽여……."

나는 그때 이상선의 말을 잘랐다.

"이 소협이 모두 죽여버리려고 했지만, 의협을 발휘해서 그냥 겁줘서 쫓아버렸습니다. 알고 보니 형편없는 자들이라 싸울 것도 없었습니다. 이 소협이 번개를 부르듯 검기를 펼치자 혼비백산하며 도망쳤습니다."

"아, 그래서 아까 번개 치듯이 섬광이 번쩍거렸군요."

유이연은 안도의 한숨을 쉬며 말했다.

그런 모습을 보고 이상선은 멋쩍은 표정을 지었다.

유이연이나 범빙이 의원이란 사실을 망각한 것이다.

사람을 살리는 의원들 앞에서 사람을 죽였다는 말을 태연히 하는 것은 예의가 아니었다.

그리고 보니 반 호위란 자가 다시 보였다.

굳이 시체들을 힘들게 끌어다 숲에 버리는 것을 보며 무슨 짓을 하나 하는 생각이었다.

그런데 알고 보니 모두 이 두 여인을 안심시키고자 하는 것임을 알게 되었다.

그리고 자신이 얼마나 순진한지 깨달을 수 있었다.

주변을 생각하지 못한 것이다.

반면에 반 호위란 자는 두 여인을 배려하고 있었다.

그런 모습을 사매 백이염은 미소를 지으며 바라보고 있었다.

이상선은 일 년에 한 번 볼까 말까 한 사매의 미소를 여기서 보게 될 줄 몰랐다.

그리고 그런 백이염을 보고 자신도 미소 짓고 있다는 것을 느끼지 못하고 있었다.

"여기를 빨리 떠나죠. 그들이 떠났으니 여기에 남아 있을 이유가 없습니다."

마차 밑에 숨어 있던 마부가 어자석에 올라 힘차게 채찍을 때렸다.

모든 것을 벌벌 떨면서 본 마부는 이곳을 빨리 떠나고 싶은 마음뿐이었다.

마차가 사라지자 피풍의 사내는 천천히 흑암조 조장에게 다가갔다.

미약한 숨소리가 들리는 이는 그가 유일했기 때문이었다.

단주와 함께 있다가 상황을 보기 위해 왔는데 마차는 멀쩡히 떠나고 흑암조가 보이지 않아서 숲에 들어온 것이다.

"어찌 된 것이냐?"

피풍의 사내는 입에 피 거품을 잔뜩 문 조장을 향해 물었다.

"실패했습니다."

"육십여 명의 흑암조가 세 놈을 감당 못하고 이 꼴을 당했다고? 그걸 나보고 믿으라는 것이냐? 네놈을 믿고 천주 곁에 있었던 내가 잘못이구나!"

"부천주가 이곳에 있었다 해도 지금의 내 꼴을 면치 못했을 것입니다."

"뭐라!"

죽어가는 수하에게 호통을 치던 피풍의 사내가 물었다.

"어찌 된 것이냐!"

죽어가는 조장은 마지막 기력을 짜내 숲 속에 있었던 일방적인 살육을 설명했다.

"쿨럭!"

응고되기 시작하는 피를 한 사발이나 토해낸 조장이 말했다.

"충심으로 드리는 말입니다. 놈은 인간이 아닙니다. 본천을 위해서 무슨 일이 있어도 이 의뢰는 포기해야 합니다. 안 그러면 모두 죽습니다."

흑암조 조장은 힘겹게 이은 삶의 끈을 놓았다.

피풍의 사내 극락천의 부단주는 얼굴을 실룩거렸다.

흑암조의 조장은 이렇게 나약한 말을 할 놈이 아니었다.

지옥에 가라면 지옥이라도 갈 놈이었다.

그런데 이놈이 절대 놈과 부딪히지 말라고 죽으면서 극구 만류했다.

'이걸 어디까지 믿어야 할까.'

피풍의 사내는 혼란스러웠다.

그러나 이렇게 넋 놓고 있을 수만은 없었다.

피풍의 사내는 단주에게 이 사실을 보고하고 대책을 마련해야 한다는 강박감에 시달렸다.

그러나 쉽사리 발이 떨어지지 않았다.

흑암조가 전멸했다고 보고를 한 후 자신의 목숨이 과연 붙어 있을지 장담할 수 없기 때문이었다.

나는 백랑에게 소 젖을 먹이며 잠시 놀아주었다.

이제는 제법 턱 힘이 좋아져 손가락을 물면 아플 정도가 되었다.

하룻밤을 작은 마을의 객잔에서 푹 쉬고 수욕까지 해서 개운했다.

그래서 아침에 일어나 운기조식을 하기 전에도 몸이 가벼웠다.

이전과 다른 많은 변화가 있었다.

삼천무에서 우승해 얻은 영단으로 공력이 삼십 년 가까이 늘었는데 그 차이가 이렇게 클 줄 몰랐다.

　일갑자가 되기 전의 공력, 일갑자일 때의 공력은 그리 큰 몸의 변화를 느끼지 못했다.

　그런데 일갑자일 때의 공력과 일갑자를 넘긴 공력은 사발에 물이 찬 것과 사발에 물이 넘쳐흐르는 것과 같은 차이가 존재했다.

　'이래서 무인들이 일갑자를 넘기 위해 그렇게 노력하는구나.'

　평생 축기를 해도 일갑자를 넘기지 못하는 무인들이 수두룩했다.

　첫째는 내공심법이 부실해서 아무리 축기해도 단전에 진기가 쌓이지 않는 것이 대부분이었다.

　둘째는 무재가 떨어져 좋은 내공심법을 얻었다 해도 깨닫지 못해 축기할 수 없는 무인들도 많았다.

　셋째는 좋은 스승을 만나지 못해 잘못된 길을 가는 무인들도 적지 않았다.

　명문의 무가나 대문파에 뛰어난 후기지수가 많은 것은 상승절학의 심법이 많고 무골이 뛰어난 기재와 그런 기재를 가르칠 수 있는 스승도 많기 때문이었다.

　이 세 가지만 있다면 일갑자를 넘는 것은 어렵지 않았다.

하지만 무림에 몸을 담고 이 세 가지를 모두 얻는 무인은 그리 많지 않았다.

그래서 일류 이상의 고수가 많을 것 같은데도 적은 것은 그 이유였다.

나는 다행히 모두 적당한 편이었다.

무재도 적당하고 혈첩의 교두들은 좋은 스승이라 할 수 없으나 가장 효율적인 스승들이었다.

거기다 절세의 심법은 아니나 그럭저럭 괜찮은 심법도 익혔다.

나는 그것으로 간신히 일류 정도의 수준을 유지해왔다.

그 덕분에 흑첩이나 비첩이 아닌 혈첩이 되었다.

하지만 그것이 내가 닿을 수 있는 경지의 끝이라 여겼다.

그러나 우연히 기연을 얻어 혈영체를 얻고 나서는 공력과 무공이 전부가 아닌 힘을 얻게 되었다.

혈영체의 힘은 마치 절정고수가 행할 수 있는 능력을 보여주었다.

삼갑자와 같은 진기의 운용이라든지, 절정고수나 가능하다는 이형환위 같은 움직임이라든지.

내가 평생 무예를 수련한다 해도 이룰 수 없는 경지를 혈영체를 얻어서 이룰 수 있었다.

몸의 변화뿐 아니라 정신적인 면도 변화되었다.

나는 그것을 긍정적으로 해석하고 있었다.

지금까지 나의 삶은 음지의 삶이나 다름없었기 때문이었다.

그런 삶을 살 게 된 것은 운명이라고 할 수도 있으나 내성격에 기인하는 바도 컸다.

감추고 드러내지 않는 것 때문에 별 쓸모없는 존재처럼 여겨지고 그러한 이유로 가문에서 구천맹에 무사로 보내지게 되었다.

내가 좀 더 적극적으로 가문에서 활동하거나 많은 사람을 내 편으로 만들었다면 혈첩은 내 형제 중 다른 이가 했을 것이다.

그래서 나는 지금의 변화를 긍정적으로 보는 것이다.

나는 이런저런 생각을 하며 객잔의 후원을 나서다 말고 날카로운 기세가 느껴져 월동문 넘어 공터를 보았다.

장작을 쌓아 올린 장작더미와 장작을 패기 위한 공터인데 그곳에서 화룡 백이염이 수련을 하고 있었다.

몰아지경에 빠져서 무아지경으로 검을 휘두르고 있었다.

화룡 백이염의 무공은 백의활검 황두영이 제자 백이염을 위해 직접 창안한 설매검(雪梅劍)이었다.

강호에서도 황두영이 제자 백이염을 위해 설매검을 창안한 것은 호사가들의 입에 자주 오르내리는 이야기 중 하나였다.

여인답지 않은 백이염의 성격과 남자보다 더 화끈한 성격을 가라앉히라는 의미로 설매검을 창안했다는 말은 유명했다.

눈과 매화를 보고 얻은 심득을 설매검으로 창안했는데 항간에는 화산파의 매화검보다 더 뛰어나다는 평을 얻기도 했다.

한번은 백이염이 스승 황두영에게 자신의 성격과 맞는 무공을 익히면 더욱 위력적이지 않겠느냐는 백이염의 질문에 황두영이 웃으며 대답하기를 '모든 사물은 조화가 우선인데 무공도 그와 같다. 음과 양이 조화되지 않으면 언젠가는 그 힘에 파탄이 일어나 너를 망칠 수 있다. 설매검이 너를 가장 뛰어난 여검수로 기억되게 할 것이다.' 라는 말을 남긴 것은 많은 검수들에게 경종을 울린 것으로 알려졌다.

그것은 일종의 무리로 어떤 무공을 익혀야 하는지 무인들에게 지침을 내린 것과 같았다.

내가 봐도 설매검은 상승검학이었다.

그리고 어째서 매화도 아니고 설매라 이름을 지은 것인지 어렴풋이 황두영의 뜻을 알 것도 같았다.

'황두영은 정말 제자 백이염을 아끼는구나. 설매검의 혈기류를 보니 몸 전체의 혈이 왕성하게 움직인다. 편벽함이 없이 고루 기운용을 하게 하려면 얼마나 많은 고민을

하며 무공을 창안했을지 짐작이 된다.'

혹여 여제자가 몸이 상할까 저어해 많은 고민을 통해 초
식을 창안한 것이 혈기류를 통해 알 수 있었다.

그렇게 창안하기가 어렵다는 것은 알고 있었다.

백이염의 성격과 건강까지 고려한 검법이었다.

"설풍망망(雪風茫茫)!"

백이염의 입에서 기합성과 함께 초식명이 튀어나왔
다.

지금까지 조용히 수련하다 말고 이름을 토해내는 것을
보고 한가지 짐작했다.

'아마도 저 초식을 완전히 이해하지 못하고 있기 때문
에 이름을 부른 것이겠구나.'

사람은 누구나 잘 안 되는 것들이 가슴속에 남아 있다
보면 입 밖으로 나오는 경우가 종종 있었다.

좋아하는 사람의 이름이 그리워질 때 부지불식간에 입
으로 나오는 것과 같다 할 것이다.

혈기류를 자세히 관찰하니 설매검의 특징을 알 수 있게
되었다.

설매검은 검에 응축된 검기를 일시에 폭발시키는 검법
이었다.

백이염이 말한 설풍망망이란 이름을 들으며 나는 생각
했다.

'만약 그 검기를 일시적으로 한꺼번에 폭발시킨다면 그것은 어쩌면 눈처럼 보이지 않을까? 그래서 설풍망망이라 이름을 지은 것 같은데.'

　나는 그 상상을 하니 황홀해지기까지 했다.

　단순히 일시적으로 폭발시킨다고 해서 눈처럼 보이지 않을 것이다.

　거기에는 묘한 구결의 운용이 있을 터였다.

　'진기를 폭발시키는데 그것이 마치 눈처럼 보인다면 어떤 것일까?'

　나는 분명 백이염의 수련을 더 보지 않고 돌아서야 한다는 것을 머리로 느끼면서도 그 수법이 궁금해 계속 보게 되었다.

　머리는 이해가 되는데 마음이 따라주지 않는 경우가 있음을 이번에 깨달았다.

　백이염의 검에 검기가 실리며 점차 푸른 기운이 응축되는 것을 느꼈다.

　그런데 그 기운이 마치 반질거리는 것이 얼음처럼 보이는 것이었다.

　'설마.'

　나는 그것을 보고 한 가지 가설을 세웠다.

　'설마하니 진기를 얼음처럼 얼릴 수 있단 말인가?'

　나는 왜 그 생각을 했는지 알 수 없었다.